集英社オレンジ文庫

映画ノベライズ

高台家の人々

神埜明美
原作／森本梢子
脚本／金子ありさ

CONTENTS

映画ノベライズ

高台家の人々

こうだいけのひとびと

昔々、イギリスのロンドンで。
伯爵令嬢アン・ペドラーは日本人留学生の高台茂正《こうだいしげまさ》に出会い恋に落ちました。
二人はやがて結婚し、日本で幸せな家庭を築きます。
ところが彼女、アンには不思議な能力が——人の心を読める力があったのです。
その力は後に彼女の三人の孫に受け継がれました。

そして月日は流れ……
アンの孫による新しい恋の物語が始まったのです。

1

時は現在、日本の東京郊外のアパートで。

今はまだ高台家《こうだいけ》とは縁もゆかりもない一人の女性、平野木絵《ひらのきえ》は平日だというのにテレビを見たり絵を描いたりしてダラダラと過ごしていた。

二十代後半の木絵は未《いま》だ独身（彼氏なし）。勤めている職場は一部上場の大企業とはいえ、木絵自身は事務職で仕事内容はどちらかといえばルーチンワーク、特殊技能も資格も持っていない。色白の肌とアーモンド形の瞳がよく見ると可愛いねと言われたこともなくはないが、いつもぼうっとして気の抜けた表情をしているせいか『パッとしない』『地味な人』と子供の頃から言われ続けている。

そんな木絵が、独り暮らしのワンルームのソファの上で、スウェット姿で体育座りしているのは一応訳がある。風邪を拗《こじ》らせたからだ。

といっても熱があったのは昨日までで、四日目の今朝は会社に行こうと思えば行けなくもなかった。……のだが、サボリ癖《ぐせ》がついて、つい嘘《うそ》をついてしまった。

　そこで木絵はズル休みした自分を正当化すべく、『会社が謎の集団に占拠されて機能停止に陥《おちい》ったため出社できなくなった』という妄想をすることにした。


　テレビのニュースでその事実を知った木絵がスウェット姿で駆けつけると、果たしてオフィスビルの正面玄関は、シルクハットにタキシード、カイゼル髭《ひげ》をたくわえた謎の集団によって行く手を塞《ふさ》がれていたのだ！（謎の集団十人全員が同じ顔で、かつ木絵の上司の脇田《わきた》課長なのはご愛嬌《あいきょう》だ）。

「……いや、十人じゃ足りないか」

　妄想訂正。木絵は脇田課長……じゃなくて謎の集団を更にコピー＆ペーストして千人に増やしてみた。その千人が木絵を通すまいと一斉にマシンガンを構えた！

「よし、かかって来い！」

　スウェット姿の木絵は腰を落として拳法の構えをとる。実は木絵はカンフーの達人なのだ！【※事実とは反します】

「……なーんてね」

木絵は自分の妄想にふふっと笑うと、たった今想像した謎の集団の似顔絵をノートに描いたり、漫画を読んだりして、だらしない生活に没頭するのだった。

翌日。さすがにこれ以上は休めないので五日目はちゃんと出勤した。しかしオフィスに一歩踏み入った瞬間から、木絵は妙な違和感を覚えた。

(何だか社内の空気がいつもと違っているような……)

正面玄関からエントランスホール、エレベーター、廊下の至るところで女性社員の姿が不自然に目についた。たいていは二人か三人で固まって、周囲に目を光らせてはヒソヒソと密談している。

(まさかこの人たちは産業スパイ……! こんなに大勢のスパイがこの会社に)

そんなわけはないので、とりあえずこの謎は保留にした。木絵は更衣室でベストにタイトスカートというよくあるタイプの制服に着替えると、自分の席がある総務部に向かった。

「おはようございます」

席に着いて、いつも親しくしてもらっている隣の阿部弓子《あべゆみこ》(既婚《きこん》、子供あり)に声をかけた。黒髪ショートボブの阿部と木絵は似た髪型をしているせいか、姉妹みたいと周囲から良く言われる。実際、阿部は口下手《くちべた》な木絵に何かと気を配っては話しかけてくれる姉的ポジションの良き先輩なのだ。普段から饒舌《じょうぜつ》な阿部だが、今日はよほど話したいことがあったのか、いつにも増してワクワクした顔で身を乗り出してきた。

「木絵ちゃん、ねぇ知ってる？　知らないよね休んでたんだから」

阿部は顔を寄せると目をキラキラと輝かせて声を潜《ひそ》めた。

「高台家《こうだいけ》の王子様」

「王子様？」

「そう。高台光正《みつまさ》様。あなたが休んだ日にニューヨーク支社から来たの。それがもうすっごい素敵な人で……。高台家って元華族で、不動産やら保険会社やら幾つも関連会社を持つ名門なんだって。で、その長男の高台王子は東大卒、オックスフォードに留学、おばあ様はイギリス人でクォーターって噂《うわさ》――」

阿部が言葉の途中でふっと口を噤《つぐ》んで部署の入り口へ顔を向けた。よく見ると阿部だけではなく、総務部中の女性社員がお喋《しゃべ》りをやめて同じ方角を凝視《ぎょうし》している。

皆の視線が集まる入り口に、すらっと背の高い男性が立っていた。足が長くて腰の位置が高いからか細身のスーツがよく似合っている。整った造りの顔に、眉《まゆ》の上で二つに分けた漆黒《しっこく》の髪。そして何よりも目を惹《ひ》くのは、宝石のように綺麗な青い瞳。

「来た！　あれよ、あのお方」

興奮し過ぎた阿部は木絵にしがみついてユサユサ揺さぶる。彼の目が誰かを探すように室内を見渡し始めて、やっと女性たちは視線を逸《そ》らした。それでもほとんどの女性が、書類やモニターの陰からチラチラと盗み見を継続している。

彼女達に交じって木絵も、初めて見る王子様をぼうっと目で追っていたが、横からにゅっと伸びてきた腕に書類を突き出されて我に返った。

「平野さん、これ大至急！　百五十部ね」

銀縁《ぎんぶち》眼鏡をかけた丸顔の脇田課長が木絵に紙を乱暴に押しつけてきた。彼は木絵の返事も待たずに離れると、小太りの体を揺らしてバタバタと慌《あわ》てて戻っていく。

木絵もまた立ち上がると急いで壁際《かべぎわ》にあるコピー機に向かった。

（高台……王子様かぁ）

コピー機が自動で仕事をしている間は暇《ひま》なので、なんとなく室内を眺めていると、高台王子が脇田課長に話しかけるところだった。

「海外事業企画部の高台です」

「あぁ、引き継ぎの件ですね。聞いております」

脇田はにんまりとご機嫌に笑っている。同僚から聞いた話によると、あの顔をしている時の脇田は媚《こ》びることしか考えていないとか。ということはやっぱり高台王子は将来の幹部候補なのだろう。

(海外事業部かぁ……英語、ペラペラなんだろうなぁ)

王子様を遠巻きに見つめていると、阿部が素早く寄ってきて木絵に耳打ちした。

「木絵ちゃんも負けずにお近づきになったら？　王子、独身だって」

「いやー……もう別世界の人っていうか。オックスフォードって言われても」

及び腰の木絵だったが、それも当然。木絵は地方の田舎《いなか》の家庭で育ったバリバリの庶民の子で、波風の立たない静かで地味な生活を好んでいる。海外旅行すらしたことのない木絵にとって、オックスフォードなんて映画か小説の中にしか出てこない架空に等しい場所だった。

阿部はにやりと笑うと、「当たって砕ける価値あるかもよ？」と発破《はっぱ》をかけて、席に戻っていった。残された木絵は暇も手伝って、先ほど目に焼きつけた高台様の姿をネタに、ぼーっと妄想を始めた。

(……イギリスっていうと)

イギリスといえば有名なのは近衛兵《このえへい》だ。ユニオンフラッグとバッキンガム宮殿を背景に、もふもふした黒い毛皮の帽子を被《かぶ》り真っ赤な制服に身を包んだ高台様が銃剣を脇に抱えて立っている。

(似合うなー……高台王子様。あとはアレとか)

イギリス、ロンドンといえばシャーロック・ホームズ！　トレードマークの鹿追帽《しかおいぼう》を被りインバネスコートを羽織ったホームズ高台が、夜のロンドン橋とテムズ川を背景にきりっと身構えて立っている。

(それもいいけど……あ、コレだ。コレが一番似合いそう！)

最後に想像したのは同じ制服組でも上着が近衛兵よりカッコイイ王室騎兵隊だ。黒の上下の制服を着た彼は、左肩から右の腰にかけて大綬《だいじゅ》というタスキのような青い布が、胸には黄金の勲章がたっぷり下がっている。顔が隠れる兜《かぶと》はわざと脱いで、高台王子の印象的な黒髪と青い瞳が拝める仕様だ。

(そう、実をいうと彼は王位を巡る陰謀に巻き込まれた王族の青年で、宿敵ドダリー卿《きょう》に命を狙われて、命からがら日本に逃れてきたの。けれどドダリー卿率いる謎の集団に追い詰められてしまって……！)

「貴様はドダリー卿！」

王室騎兵隊の制服を着た高台王子がオフィスビルの正面玄関前で二十人のドダリー卿と

対峙《たいじ》していた。シルクハットとタキシード姿のドダリー卿は（昨日の謎の集団に名前がついた）、脇田課長がいつもかけている眼鏡を指先でちょいと動かすと、赤い唇をつり上げてにんまり笑うのだ。

「王子。消えていただきましょう！」

ドダリー卿がサッと手を上げると謎の集団はチャッと機関銃を取り出して王子に集中砲火を浴びせた。

ガガガガガガガ……‼

しかしさすがは高台王子、彼は腰のサーベルを抜き払うと刀身をびょんびょんびょんと高速で振り回し、カンカンカンカン！　と小気味よい音を立てて全ての銃弾を弾《はじ》き返してしまったのだ！　返された銃弾に次々と倒されていくドダリー卿の分身たち。ドダリー卿は歯噛みをして悔しがった。

「おのれ、王子……！」

しかし王子はサーベルをカシン！　と鞘《さや》に戻すと、「ドダリー卿、さらばだ！」と叫びながら地面に煙玉を叩きつけてドロンと姿を消したのだった（そりゃ忍者だ）。

バサバサッと音がして我に返ると、トレイから溢《あふ》れたコピー用紙が雪崩《なだれ》のごとく床に落ちていた。

「あっ！　あああ」

木絵は慌てて腰をかがめ、散らばったコピー用紙を拾い始めた。しかし木絵より早く用紙を拾い始めた者がいた。高台王子だった。

（えええっ！　高台王子様？）

彼は集めた用紙を木絵に「はい」と手渡すと、木絵が茫然《ぼうぜん》としている間にさっと立ち去っていった。

引き続き茫然としていると、阿部が大慌てで駆け寄ってきた。

「ちょっと木絵ちゃん、脇田課長が……見てるわよ」

「あ、わっ」

恐る恐る立ち上がると、ドダリー卿もとい脇田課長が、もともと丸い顔を更に膨《ふく》らませてフグみたいになっていた。更にまずいことに高台王子に見惚《みと》れているうちに、またもコピー用紙が溢れて、さっき以上に床に広がっていたのだ。

「わわわわわ」

「木絵ちゃん落ち着いて！」

阿部は冷静にトレイの上の用紙を束ねて机に移すと、床に散らばった分も拾い始めた。

なんとか全部集めて木絵が再び立ち上がると、ガラスの壁を通してエレベーターホールへ向かう高台王子の後ろ姿が偶然視界に入った。彼の姿が廊下の角に消えるまで、木絵は目を離すことができなかった。

（素敵な人……）

高嶺《たかね》の花の王子様に仄《ほの》かな恋心を抱いてしまった。

といってもこの時点では憧《あこが》れでしかなく、この感情が大きく育つなんて妄想好きの木絵ですら全く考えつかないことだった。

（思い起こせば私の妄想癖《へき》は、物心がついた頃にはもう始まっていたように思う）

木絵は小さい頃から人と話すのが苦手で、一人でいることが多かった。一人遊びばかりしていたせいか、何かにつけてすぐ妄想する癖がついてしまった。

例えば今みたいに、会社帰りに寄った牛丼屋で注文を待っている間にも。木絵は自分の目の前に牛丼屋の制服を着た高台王子の姿を想像してしまうのだ。

「つゆだくねぎ多め……だったよね」

高台王子が木絵の前に牛丼を置きながら優しく微笑んだ。

「は、はい!」

「それと……」

王子は握りこんだ手のひらを差し出して、宝物でも見せるようにそっと指を開く。そこには白く輝く丸いものが……。

「生卵」

そう言って王子はニッコリ微笑んだ。

誰もいない虚空《こくう》に向かって微笑んでいたら、現実の店員(もちろん高台王子ではない)にドン引きされてしまった。

(またやっちゃった)

我に返った木絵は店員から器を受け取りながら己を戒《いまし》めた。

(他人のいるところでは、妄想は控えなきゃ……)

それでも——。

牛丼屋からの帰り道。突然降り出した雨に、木絵は目についたアンティークショップの軒下に飛び込んだ。と、木絵に続いてカップルの男女も駆け込んできて、否応《いやおう》なしに横並びで雨足が弱まるのを待つことになった。

カップルの男性はハンカチを取り出すと彼女の濡れた髪を拭《ふ》き始めた。二人とも無言なのに、男性の彼女を見つめる表情はやさしげで、彼女も嬉しそうに笑っている。

ショップ内から溢れてくるランプやシャンデリアの灯《あか》りが、窓辺に立つ二人を淡く照らして薄闇に浮かび上がらせた。光を受けた水滴はキラキラと眩《まぶ》しくて、窓に設《しつら》えられたステンドグラスの美しさも相まってカップルの姿は映画のワンシーンのようだった。

（もしもここに立っているのが自分と高台王子様だったなら……）

恋愛は苦手だけど。それでも、自分もこんな風に素敵な恋愛ができたらなと、ついつい妄想してしまう木絵なのだった。

それから数日後のこと。木絵が資料の詰まったダンボール箱を抱えてエレベーターホールに到着すると、無情にも目の前でエレベーターの扉が閉まっていった。

（あー乗りたい！）

ダメ元で半分閉まった扉に突進していくと、中にいる誰かが手を伸ばして扉を押さえてくれた。

「あ、ありがとうございます……」

「何階ですか?」

「あ、七階で……」

中に入って改めて操作盤の前の人物を見ると、それは先日しっかり記憶に焼きつけた高台王子だった。

(おお! 高台なんとか様だ!)

高台王子は正面を見据えたまま、背筋のピシッと伸びた隙《すき》のない姿勢で佇《たたず》んでいた。その後ろにいる木絵からは彼の背中しか見えないが、それでも顔に熱が集まってきた。

(……何か緊張するなぁ)

エレベーターが七階に到着するまでの一分にも満たない短い時間だけれど、こんな狭い空間に二人きりだ。緊張するなという方が無理というものだ。

(どうしよう。エレベーター、突然止まったりしたら……)

人は緊張に晒《さら》されるとストレスを緩和《かんわ》するために脳から変な物質が出るらしい。木絵の場合は多分それが顕著《けんちょ》なのだ。

（そう。このビルは既《すで》に占拠されていて……エレベーターが止まるのは、もちろんドダリー卿の仕業《しわざ》なの）

七階に行くはずのエレベーターは突然、途中の階でガクンという衝撃とともに緊急停止した。驚いて立ち尽くす二人の目の前でゆっくり扉がスライドして開くと、目の前にあったのは真っ白な逆光の中に佇むドダリー卿と、ロープでぐるぐるに縛《しば》られた上に彼に銃を突きつけられている脇田課長の姿だった！（脇田課長は一人二役）

「逃げられませんぞ、王子」

「おのれ、ドダリー卿……！」

王室騎兵隊姿の高台王子はサーベルの柄《つか》にチャッと手をかけた。ドダリー卿（顔は脇田課長）はしてやったりと笑うと高圧的に高台王子に話しかけた。

「もし、こいつを殺されたくなかったら……姫を渡せ！」

「姫？」

王子は首を傾《かし》げるが、そこへ変身してドレスアップした木絵がすかさず現れた。

「はい、姫です」

王子は納得すると両手を大きく広げて木絵の前に立ち塞がった。

「姫は渡せぬ！」

高台王子の凛《りん》とした声がホール中に響き渡る。

「くそう……王子め！」

ドダリー卿は忌々《いまいま》しげに王子を睨《にら》む。木絵も羨望《せんぼう》の気持ちを込めてエレベーターの中から王子を見つめた。彼の背中からは、木絵姫を絶対に守るのだという強い気概《きがい》が滲《にじ》み出ていた。

「で、でも、それでは課長が……！」

木絵がお姫様らしい慈悲の言葉を叫ぶものの、高台王子はどこ吹く風。

「仕方ない、課長のことは諦《あきら》めよう！」

あっさり決断してエレベーターのドアを閉めてしまった。

閉まる扉の向こうで、涙目の脇田課長の「えええええぇぇぇっ！」という声が次第に遠ざかっていった……。

「ぶっ……」

（え⁉）

漏《も》れ聞こえた声に顔を上げると、光正の肩が微《かす》かに揺れた……ような気がした。

（もしかして今、噴き出した？）

その時、エレベーターがガコンと止まって扉がスルスルと開いた。もちろんドダリー卿の仕業ではなく予定の階に到着したのだ。

「着きましたよ、七階」

振り向いた光正はいつも通りのカッチリした冷静な顔と物腰だった。

（……？）

「どうも……」

降りたところで振り向いて会釈《えしゃく》すると、光正は微笑みながら扉の向こうに消えていった。

（何で笑われたんだろう）

肩が震えていたのは全然違う理由かもしれないが。でも最後に微笑んでくれたのは本当だ。あの笑顔を思い出しただけで木絵の胸はじんわりと温かくなった。

それから更に数日後の朝。

駅から会社までの道のりをいつもの如《ごと》くぼんやりしながら歩いていると、誰かに後ろからグイッと腕を引かれてたたらを踏んだ。驚く間もなく「赤ですよ」と聞き覚えのある声で囁《ささや》かれた。

「え、あ⁉」

いつの間にか横断歩道に進入していて、しかも信号は赤だった。そして更に驚くことに腕を引いてくれたのは高台王子だった。

（……高台なんとか様！）

高台なんとか王子は木絵に微笑みを零《こぼ》すと澄んだ声で「おはよう、平野さん」と話しかけてきた。

「……おはようございます」

「今朝は冷えますね」

「……あ、はい……」

（こ、こういう時はなんて返事をすればいいんだろう……）

木絵はもごもご口を動かすが肝心《かんじん》の言葉が出てこない。頭の中で言葉を探している途中に、ふと重大なことに気がついた。

（今……高台なんとか様、平野さんって言った？　どうして私の名前……話したこともないのに）

木絵の会社には名札をつける規定がない。総務部で先輩や脇田課長に名前を呼ばれた時は、彼はそこにはいなかったはず。

（いったいどうやって……。まさか……！）

ふと一つの考えが浮かんだ。


高台王子はお城の図書室で椅子に座り、もの思いにふけっていた。と、誰もいないはずの暗がりから小さな影が姿を現す。それはサンタクロースみたいな真っ白で豊かな髭をたくわえたおじいさんだ。しかし背丈《せたけ》は子供よりも低く、童話に出てくるドワーフに似た姿をしている。

「何か用か、妖精」

王子が顔も動かさずに声をかけると、謎の妖精が頭を下げた。さすが王族、高台王子には彼専属の妖精がついているのだ。鼻を大きくした脇田課長の顔をした妖精は（木絵の妄想は顔のバリエーションが少なかった）、隠し撮りした木絵の写真を手に、意気揚々《ようよう》と密偵活動の報告をはじめた。

「あなた様の正体に気づいている者がいるでゲス」

「なに、それは誰だ」

高台王子は険《けわ》しい表情で妖精の言葉に耳を傾ける。日頃から命を狙われている彼にとって、この報告は聞き逃せないものだった。妖精は王子に「こいつでゲス」と木絵の写真を手渡した。

「名前は平野。平凡の『平』に、野グソの『野』で『平野』でゲスよ」

(そのたとえはあんまりじゃ……)

木絵が自分の妄想にツッコミをいれていると斜め上あたりから「っぷっ……」と噴き出す音がした。見上げると高台王子が笑いを噛み殺している。

「……平野さん」

「はいっ⁉」

なんで笑ってるんだろう、という疑問は彼の次の言葉で吹っ飛んだ。

「良かったら今夜、食事でもしませんか」

「……へ？」

しょくじ。ショクジ。植字《しょくじ》？　木絵の部署にそんな業務はないので、これはやっぱりご飯を食べる食事のことだろう。

「どっどうしてですか……？」

(なんで私なんかを……高台なんとか様が⁉)

ありえない事態に木絵がいつも以上に口下手になっても、高台王子は全く気にしない様子で微笑みを浮かべた。

「もし迷惑でなければ。あ、それと」

高台王子は少し言いにくそうに、はにかんだ。

「僕の下の名前、光正です」

（…………ええええええ⁉）

聞き間違えでも勘違いでもなく、正真正銘のデートのお誘いだった。

その夜。約束通り木絵の退社を待っていた光正に連れられて、二人は会社からそう遠くない創作和風居酒屋に来ていた。居酒屋といってもチェーン店ではなく、どのテーブル席も半個室の料亭に近いお洒落《しゃれ》なお店だ。格子《こうし》扉や大理石が使われた和風モダンな内装に、音楽や照明は極力抑えて、大人向けの静かな会食を提供してくれている。

二人は一枚板で作られた大テーブルを挟んで椅子に座っていた。

ブランド店の高価なスーツに身を包んで知的な眼鏡をかけた木絵は、光正のグラスにワインを注いだ。

「今日は祝杯。海外事業部のほにゃららプロジェクト、史上最高益って聞いたわよ」

木絵がグラスを持ち上げると、光正もクールに微笑み返した。彼にとって、この程度の業績を叩き出すのは朝飯前だ。それでも二人の逢瀬《おうせ》の口実になるくらいの価値はあったようだ。

二人は暗黙の了解でその事実を飲み込むと、大人の微笑を浮かべて互いのグラスを掲《かか》げた。

「なんたらシャトーのワインで乾杯しましょ」

「ああ。……乾杯」

(……って感じのデートができるようになりたいな……)

料理を前にして木絵はしみじみと考えた。もちろん現実のデートも素敵なものだったが、お店と相手は最高なのに木絵だけが残念すぎた。

妄想から戻ってくると、光正が不思議な雰囲気を湛《たた》えた青い瞳で木絵をじっと見つめている。その瞳にしばし釘付けになった木絵だが、はっと我に返ると再び箸《はし》を動かし始めた。

(なにか話さなくてもいいのかな……)

お店に入る前に歩いていた時から、主《おも》に光正が一人で喋り、木絵はそれに頷《うなず》くか笑うかするだけだった。料理が出てからも、かろうじて「美味《お》しい」は言えたものの、それだけ。話し疲れたのか、彼が黙ると途端に部屋はしんと静まる。木絵は気まずさから食べるのに専念することにした。

（……だし巻き玉子、頼めば良かったかも）

ポンとそんな考えた浮かんだ次のタイミングで光正が切りだした。

「食べる？　だし巻き玉子」

（え⁉　偶然？）

「あ、……はい」

木絵は慌てて頷いた。光正といると、よくこんな風に考えていることを先回りされる気がする。

（考えすぎだと思うけど……）

「好きなんだ？」

（あ、だし巻き玉子のこと？）

「……好きです」

なんとか答えると、光正は嬉しげに微笑んだ。

料理を食べた。

「僕も」

（ふぁ……っ）

光正の笑顔に心臓が跳ね上がった。木絵は赤くなる頬を隠すように俯《うつむ》いて、また黙々と料理を食べた。

ゆったりした時間を過ごした二人はほろ酔い気分のまま居酒屋を出て駅へ向かう。木絵は斜め上にある光正の横顔をチラチラと気にしながら歩いていく。するとポタリと冷たいものが頬に当たった。

（あ、雨）

「平野さん」

光正は道の先にある庇《ひさし》の大きなビルを目で示した。二人は同時に駆け出して庇の下へと滑り込む。並んで立っていると雨はみるみる激しさを増した。

（にわか雨かな……あ、）

おでこのあたりがくすぐったいなと思ったら額《ひたい》に水滴が伝っていた。服はそれほどでもないが頭は雨を被っていて、それが髪を伝って肩や額にぽつりぽつりと落ちてきた。木絵は顔に流れた雫《しずく》を手で拭《ぬぐ》いながら、そういえば……と先日見た光景を思い出していた。

一人で帰宅中だったあの夜、やっぱりこんな風に雨が降ってきて……カップルの男性がハンカチを取り出すと、彼女の髪の毛を優しく拭いていた。

(やっぱりああいうのって、いいな……)

そんなことを考えていたら。柔らかい感触が頭のてっぺんに降りてきた。

(え?)

目線を上げて確認すると、光正が自分のハンカチを取り出して木絵の髪についた水滴を拭っていた。口の端に優しげな微笑みを浮かべて。

(……すごい、まるであの日のカップルみたい……)

心臓が痛いほどドキドキと張り詰めて、雨の音も耳に入らない。

(高台さんって不思議。こうしてほしいって願ったことを、なんでも叶《かな》えてくれる……)

夢心地でぼうっとしているうちに、全身が温かくなったような気がした。


翌日の総務部にて。木絵が昨夜のデートを思い返して光正のキラキラぶりを噛み締めていると、隣の阿部からツンツンと脇腹を突《つつ》かれた。

「で？　どうだった？　高台王子様」

「あ、えっと……」

なぜ昨夜のデートのことを？　と戸惑っていると、阿部がにやりと笑った。

「もう木絵ちゃん、一気に社内の噂の的《まと》よ」

昨日のことがもう噂に⁉　と驚く木絵だったが、そういえば彼には会社中の女性社員がスパイのごとく張りついていたのだ。会社近くの信号前で交わされた会話に聞き耳を立てるくらい、スパイにはお手の物なのだろう。いやもしかすると、その女性社員たちも自宅に専属の密告妖精がいるのかもしれない……と考え始めると止まらなくなるので、木絵は慌てて頭を振った。

「……でも。きっとすぐ駄目になりますよ」

「えっ？」

「私……話すの苦手で。イライラされるんです。過去にそういうことがあって……」

木絵はかつて、男の人に告白されて付き合い始めたことが一度だけあった。けれど、彼が何を話しても「はい……」しか言えないでいたら、「一緒にいても楽しくないみたいだね」とフラレてしまったのだ。

（きっとまた、同じように……）

どんよりと顔を曇らせていると、「あーネガティブ思考！　そういうとこホント駄目ね」と叱《しか》り飛ばされた。

「つまんなさそうだったの？　高台王子」

「えっ……」

（そんなことない！）

そこだけは木絵にも断言できた。昨夜は光正が一方的に喋り、木絵は笑ったり「へぇ〜〜〜〜」とマヌケな声で相槌《あいづち》を打っているだけだったのに（その構図はかつてフラレた時とまるっきり同じだったけど）、光正の反応はかつての彼とは真逆だったのだ。

「それが……よく笑っててくれて。つまんなそうな顔は……一度も」

「それなら、うまくいくよ。次のデートはもう約束したの？」

「えっと……一応……」

「へぇ〜〜〜頑張んなさい」

阿部はニヤニヤ笑いながら木絵の脇腹をひとしきり突くと、仕事に戻っていった。

（うまくいく？　そうだといいけど。でも……）

この時、阿部には言わなかったけれど、木絵には一つだけ気になることがあった。

次の約束は休日デートだった。二人は郊外にある大きな公園に出かけて、半日をそこでのんびり過ごした。

広い公園は運動場やミニ動物園、庭園などのいくつかのエリアに分かれていて、どのエリアにも家族連れやカップルがたくさん遊びに来ていた。木絵と光正は見晴らしの良い芝生の丘エリアに来て、洒落たカフェテラスで一息ついていた。

晴天に恵まれた今日は秋にしては暖かで、木絵は白いブラウスにニットのベスト、光正も薄手のジャケットを羽織っただけで何時間でも外にいられた。木絵は光正と差し向かいでコーヒーを飲みながら、頭上に広がる青空と白い雲を眺めていた。

（あ。あの雲、気持ちよさそう）

青空にクジラみたいな形をした雲がぽっかり浮かんでいる。木絵は、子供の頃に読んだ絵本のストーリーを思い出していた。

（乗ってみたい……）

木絵が心の中で想像した途端、光正が首を捻《ひね》って同じ雲を見上げた。

「乗れそうだね、あの雲」

（え？）

木絵は不自然な点に気づいて思わずティーカップをテーブルに置いた。今の会話は、まるで光正が木絵の心の声に答えたかのようだった。そう、思い返してみればこういったことは一度や二度じゃなかった。

「…………あの」

声をかけると、雲を見上げていた光正は木絵の方に振り返る。木絵は勇気を振り絞ると、前々から気になっていた疑問を思い切って口にしてみた。

「……高台さんって、人が考えていることが分かるの?」

「え? 何それ。テレパスってこと?」

光正は特に驚いたりするでもなく、いつもと変わらぬ調子で訊《き》き返す。彼の態度は、とても本当のことを指摘された異能力者とは思えなかった。

「……なわけないよね。ごめんなさい」

漫画の読み過ぎで馬鹿みたいなこと考えちゃったなと反省していると、今度は彼から話を切り出してきた。

「……でも、もしそんなことができたら、不幸だよね」

「どうして? すごい便利だと思うけど」

光正は少し曖昧《あいまい》に微笑んでから、「他人の本音なんて知らない方がいい」とどこか諭《さと》すように言った。

「きっと、人と深く関《かか》わるのが怖くなるよ……多分」

「そうかな？」

木絵が気軽に即答すると、光正は少しだけ真剣な顔になって声のトーンを落とした。

「じゃあ……もしテレパスが身近にいたら？　親しくなりたいと思う？」

（え）

木絵の思考がピタリと止まる。同時に、過去に妄想してきたアレやコレやをいろいろ思い出した。

「絶対嫌だ！」

（あんなバカな妄想、全部知られたら恥ずかしくて死んじゃう！）

首を激しく横に振って否定していると、「……だよね」と小さく同意された。

その言葉を最後に、光正は再び首を巡らせて雲を見上げた。中途半端に終わってしまった会話に、木絵はいつもの光正らしからぬ歯切れの悪さを感じていた。

カフェテラスを離れて少し歩くと、丘の頂上まで登らずとも周囲の街が一望できた。秋でも青々としている芝生は絨毯《じゅうたん》みたいに柔らかく、二人ともなんとなく腰を下ろして景色を楽しんだ。

「……あ。高台さん見て、あの雲……」

空を指さして隣を振り返ると、さっきまで座っていた光正はいつの間にか寝転んで、瞼《まぶた》を閉じていた。

(疲れてるのかな。しばらくこのままにしてあげよう……)

好きな人のくつろいだ表情は見ているだけでも飽きない。木絵は彼の寝顔を見つめながら、先ほどのテレパスの話を思い出していた。

(……でも相手が高台さんなら。考えるだけで気持ちが伝わったら、ちょっといいかも)

口下手で咄嗟《とっさ》にお礼もできない自分だから、感謝の気持ちや、一緒にいて楽しいという想いが伝わるなら、それはそれでいいのかもしれない。

(頭の中だけなら、大声で叫べる)

木絵は深い森の奥にいる自分を想像してみた。

幹の太い針葉樹が空まで真っ直ぐ伸びる北欧かどこかの森に木絵は立っている。夜になれば真っ暗で恐ろしくなる山奥も、昼間の今は幹の隙間《すきま》から光がカーテンみたいに差し込んでキラキラと輝いている。

木絵は周囲をきょろきょろと見渡して人っ子一人いないのを確かめると、あらん限りの大声で叫んでみた。

「好きです！　大好きです‼」

するると誰もいないと思っていた幹の陰から謎の妖精（顔は相変わらず脇田課長）がひょこっと頭を出すと、迷惑そうに眉根を寄せて木絵に言った。

「ゴメンナサイでゲス」

「お前じゃな――いっ！」

木絵が思わず拾った枝をバットのように振り回すと、枝に当たった妖精がカキーン！とすっ飛んで、ピンボールのようにキンコンカンポン！　とあちこちの幹に跳ね返って最後は平べったくなって落っこちた。

（ああスッキリした！）

鼻息荒く木絵が寝転がると、気配を察したのか光正が瞼を開いた。木絵、と呼ばれて横を向くと、緑の芝生を枕にした光正の顔が間近にあって、じっとこちらを見つめながら「僕も」と一言だけ告げた。

「え……っ？」

顔を見合わせたまま木絵が目を瞬《またた》くと、光正は嬉しそうに微笑んだ。

その笑顔だけで、彼が木絵に何を伝えようとしているのか、何故《なぜ》だか分かってしまった。

「えっ？　嘘っ⁉　えええ〜〜っ‼」

好きな人の慌てぶりに悪戯《いたずら》っ子のように微笑む光正を見ながら、木絵は『何、この奇跡⁉』と心の中でも目を白黒させるのだった。

2

奇跡なんてあるわけない。

それが私、高台茂子《こうだいしげこ》が二十数年生きてきて導き出した結論だ（どうでもいいけど、茂子ってお婆さんみたいな名前……）。

そう思っていたはずなのに、あの兄が初めて自宅に彼女を連れてきた時、私と弟の和正《かずまさ》は思わず顔を見合わせて『……奇跡だ』と心の中で唸《うな》ってしまった。

何しろ私の兄、光正《みっちゃん》は女にはすこぶるもてるけど、今までに彼女と呼ぶ女性を家に連れてきたことは一度もなかったのだ。

その兄が彼女を紹介した！　というのも驚きだったし、あれだけ言い寄る女が沢山いる中で選んだ女性が平凡で正直冴《さ》えない人だったというのも意外中の意外だったけれど……私たちが本当の意味で奇跡を感じたのは、もっと別のことにだった。

詳細は後に回すとして、引き続き木絵《きえ》さん——兄の彼女について。

兄は彼女を自宅に招待するにあたって、かねてからこの週末を狙っていた。なぜなら、父と母がイギリスの祖母の所へ行っていて不在だから。両親、特に母は、みっちゃんに彼女ができたなんて知ったら大騒ぎするに違いないからね。まずは兄弟間で顔見知りになって、対母に備えて味方を増やそうという作戦は妥当《だとう》だ。

私たちが最初にやったことはオーソドックスに自己紹介だった。

「彼女は平野《ひらの》木絵さん」

兄が彼女の名前を口にすると、木絵さんは緊張でカチコチになりながら「……初めまして」と頭を下げた。この緊張っぷりは正直申し訳ないと思う。

自分で言うのもなんだけど、私たちの家庭はいわゆるセレブというやつだ。祖父の高台茂正《しげまさ》は旧華族の跡取り息子、祖母のアンもイギリスの伯爵家の一人娘という、冗談みたいな組み合わせで結婚した結果、私たちの住んでいる家も規格外の豪邸だ。

遥々《はるばる》日本まで自分を追いかけてきてくれた祖母の為に祖父が建てたというこの家は、外観は当時にしては珍しいオレンジ色の壁にテラコッタの瓦《かわら》屋根という南欧風で、中は祖母の実家に似せたヴィクトリアン様式の建築物になっていた。

いくつかの棟《むね》が繋《つな》がって横に広がっているけれど、基本は二階建て。ただし海を見下ろせる山の中腹に建てたから（これも、祖母の実家の別荘が湖を見下ろす山の中腹に建っていたから、似た景色を探したらしい)、せっかくだからと屋根の上に望楼《ぼうろう》がついていた。お客様をお招きすることを想定してリビングの他にも大広間があるので部屋数はあまり多くないけど(厨房《ちゅうぼう》や使用人用の部屋を除けば十とちょっとかな)、天井も高く、一部屋あたりの窓の間隔も広いので、それなりに大きなお屋敷だ。友人にはよく「どこの国の大使館?」とか「ホテル?」なんて言われていた。

坂を下りて街に出れば周囲は普通の住宅地なだけに、麓《ふもと》から見上げると悪目立ちしている。

そんな豪邸に踏み入っただけでも緊張するのは当然なのに、私たち三人兄妹弟《きょうだい》は社交界でも美人と名高かった祖母似の顔立ちなのだから尚更申し訳ない。なんだか自慢しているようで嫌だけど、兄も弟もどう客観的に見ても美形で、その二人に自分もそっくりなのだから仕方ない。私はストレートロング、弟は兄より長めで少し癖《くせ》があるけど、烏《からす》の濡れ羽色の髪の毛、そして祖母から受け継がれた青い目は三人とも全く同じ。

だから私と弟とついでに弟のデブ猫のヨシマサ(虎柄《とらがら》のブリティッシュショートヘア)の紹介が終わったあと、木絵さんが私たち三人のお揃いの青い目と美形っぷりに慄《おのの》いていたのは想定内だったんだけど……その後の彼女の感想は全くの予想外だった。

木絵さんはこう考えていた。

『こんな美貌の人たちが普通の人間であるわけが……ない！　そう、おそらく彼らは千年を生きるバンパイアの一族！』

はい？

彼女の平凡な印象がこの瞬間、ガラッと崩れた。

面白すぎることに木絵さんの妄想はランチが始まってからも続いていた。

ランチといっても、我が家の専属シェフが腕を振るってくれたフルコースで配膳はメイドがする正式な昼餐《ちゆうさん》だ。今日は木絵さんの歓迎会なので、ダイニングルームのテーブルには下ろしたてのクロスをかけて、食前にはシャンパンを、食事のお供には赤白両方のワインを用意した。テーブルウェアも普段は仕舞われている、ちょっといい物を出してもらった。

木絵さんはいただきますの挨拶《あいさつ》をした後は、一言も発することなく静かに料理を食べていた。……というのはあくまで表向きで、頭の中では先ほどの妄想が高速で育っていたようだ。

『ヨーロッパで暮らしていた彼ら一族がなぜ祖国を出てきたのか……それは彼らの天敵に

目をつけられてしまったから』

　という重々しいナレーション（声は木絵さんだった）と同時に、中世ヨーロッパの古い教会が映し出された。そこには真っ黒な法衣《ローブ》に身を包む一人の神父の姿があった。首から下げた十字架は彼が聖職者である証《あかし》だ。

　しかし西洋人のはずの彼の顔はどう見ても日本人、それも不自然な付け鼻が目立つ小太りのオッサンなのだった（誰？）。

『正体を知ったダッフンヌ神父に狙われて、彼らは日本に逃れてきた。だが法衣の下によこしまな心を隠し持つダッフンヌ神父の真の目的は、彼らの仲間になって永遠の命を手に入れることだったのだ‼』

　雷鳴の轟《とどろ》く夜、ダッフンヌは十字架を捨てるとニヤリと悪人の顔でほくそ笑んだ。

と、場面は薄暗い室内へと移動した。そこは高台家の寝室で（あくまでも木絵さんのイメージのね）、天蓋《てんがい》つきのベッドの中にはネグリジェ姿の女性が背を向けて眠っていた。

そこへ吸血鬼の長兄――光正《みつまさ》が闇に乗じて忍び寄ってきた。

　光正は横たわるシルエットを見て口の端に笑みを浮かべる。ここは彼の寝室だ。そして彼のベッドにはしばしば、バンパイアに恐れをなした人間によって生け贄《いにえ》の美女が送られてきた。ここにいるのは今宵《こよい》の生け贄ということだろう。

血に飢えた光正は魔性の本能に目を赤く光らせると、ネグリジェ姿の美女に近寄った。

ああ、しかしなんということ――。

生け贄の美女だなんてとんでもない！　ベッドの上で横たわったままクルリと向きを変えたのは、女装したダッフンヌ神父だったのだ!!

うっふ〜〜ん♡（色っぽい効果音と共に手招きするダッフンヌ）

光正の食欲は一気に失せた。


「ふふっ……」

我慢しきれなくて鼻から息が漏《も》れた。弟は辛《かろ》うじて平然としているけど、肝心《かんじん》の兄はポーカーフェイスを装いつつも肩が小刻みに震えている。

（さすがに男の血は……）

兄の声のあと、弟の声が頭の中に響いた。

（吸えるわけないよなぁ）

我慢しきれなくて私も二人の会話に参加する。

（面白い、木絵さん）

声には出さずに会話していたのに、木絵さんは前菜を食べていた手を止めてこう思った。

『まさか光正さんだけじゃなくて……三人とも、人の考えていることが分かるテレパスなの？』

私たち三人は思わずピタリと動きを止める。猫のヨシマサだけが、木絵さんに答えるみたいにニャーっと鳴いた。

そうなの。

私たち三人は人の心が読めるんです。だから木絵さんのいきなり湧き出る妄想には驚いた……というより笑ってしまった。そしてどうして兄が木絵さんを彼女に選んだのか、分かってしまった。兄は昔から、木絵さんが考えるようなバカバカしい小話が大好きなの（もちろん理由はそれだけじゃないんだろうけど）。

でも、私と弟が一番に驚いたのはそこじゃない。木絵さんは私たち三人がテレパスかもしれないと疑った次の瞬間には、『……なんて。まさか、そんなわけないよね』と私たちに好意的解釈をして疑問を打ち消してしまったのだ。そしてさっきの心の声によると彼女は、以前から兄がテレパスじゃないかと薄々気づいていながら兄と一緒にいるらしい。

そんな人、普通はいない。まさに奇跡《ミラクル》！

食事が終わった私たちは、リビングと続き部屋になっている応接室兼図書室に移動した。

ここは時間を持て余したお客様が好きに過ごせるようにと用意された部屋で、壁際《かべぎわ》の作り付けの本棚には祖父の代からの蔵書（和書も洋書も）がぎっしり詰まっている。別の壁際のサイドボードには読書を嗜《たしな》まない来客向けにトランプなどのカードやボードゲームの類《たぐい》が用意されていた。

室内は本を読んだりゲームをするために、大小のソファセットの他に窓際の小テーブルや椅子がいくつも置かれている。だから身内や短時間の訪問客向けの応接室として使うこともままあった。

私たちは食後酒のグラスを手にしたまま、めいめいが好きな場所に腰かけた。でも木絵さんは本やレトロな玩具《がんぐ》よりも、マントルピースの上に飾られている祖母と祖父の結婚式の肖像画に釘付けになっていた。

『綺麗………』

木絵さんが心の中でほぅと溜息《ためいき》を吐《つ》いた。それも当然、まばゆいブロンドの髪に海のような青い瞳、孫の私から見ても祖母は掛け値なしの美人だもの（祖父はイケメンというほどではないけど眼鏡の似合う素敵な人だ）。

『おじい様とおばあ様かな……？』

心の声に対して弟が「そう」と口走ったので思わず肩を叩いた。

「え？」

　ああほら、木絵さんが不思議そうに振り返る。

「それ、俺らのおじいちゃんとおばあちゃん」

　弟はヨシマサを膝《ひざ》に乗せながら、さも今話しかけましたよって顔をした。さっきの言葉はなかったことにしたようだ。

「ずっと日本にいたんだけど、祖父が病気になって……最後はイギリスで。亡くなったのは半年前」

　兄が説明を付け足した。木絵さんは「そうだったの……」と呟《つぶや》いて気まずそうに俯《うつむ》いて黙り込んでしまったけど、心の中では『ごめんなさい。悲しいこと、思い出させて』と謝っていた。この人、本当に口に出てくるのは考えている言葉の十分の一くらいなのね……。

「おじい様の病気のことは、二年前からみんな覚悟してたことだから」

　だから気にしないでって意味で私が告げたのに、弟が「でもおばあちゃん、未《いま》だに毎日墓に通ってるって」と木絵さんの罪悪感が増すようなことを言う。こいつは馬鹿だ。

　木絵さんは息をのんで、また肖像画に向き直ってしまった。

『……大切な人を亡くされて、どんなにお辛《つら》いか。でもきっとおじい様の面影《おもかげ》は光正さんたちの中に……』

私もだけど弟も、木絵さんの反応に少し目を見張った。だっていくら恋人の祖父母とはいえ、彼女にとっては見ず知らずの他人なわけで……口では「お気の毒に」と悲しそうな顔をしてみせても心の中では「ふーん」程度にしか感じない人の方が、世の中圧倒的多数。でも彼女は心の奥底から、本気で祖父母を、そして私たちを慈《いつく》しんでくれている。

ふと兄を見ると、木絵さんを見つめて静かに微笑んでいた。ああ、なるほど……兄が彼女を選んだことに心から納得した。本当にいるんだね、こういう心の綺麗な人……。

いい人を見つけたね、みっちゃん。

感慨《かんがい》にふけっていたら、木絵さんは『本棚の裏に隠し部屋とかあったりして……』と考えながらフラフラっと歩き回ると、ワクワクしながら赤くて目立つ本の背表紙を指でぐーっと押しこんでいた。

弟が噴き出しながら声に出した。

「そこの後ろに隠し部屋とかないから」

子供みたいな妄想を言い当てられた木絵さんは、びっくり顔で振り向いた。そんな彼女を見て兄はますます嬉しそうに笑みを浮かべた。ああ確かに。こういうの好きそう、みっちゃん。

兄は照れ笑いしている木絵さんに近づいて、嬉しそうに二言、三言話しかけている。心を読まれているかもしれないって思いながらも笑っている木絵さんって、案外大物なのかもしれない。

ふと、肖像画の二人と目が合った。祖母の父親、ペドラー伯爵からの反対も身分も国籍も乗り越えて結婚して、生涯を添《そ》い遂《と》げた私たちの祖父。ねえお祖父様《じい》。好きな人に心が読まれているって知った時、お祖父様はどうだった？

……私なら絶対嫌だ。隠したい心まで相手に知られてしまうなんて。

それ以上に、人の心が読めるこんな力を持つのはもっと嫌だ。

平日の仕事帰りの夜、私は馴染《なじ》みの赤提灯《あかちょうちん》の呑み屋で、息抜きに一杯引っかけていた。もちろん一人じゃない。学生時代からの友人、岸本浩平《きしもとこうへい》とだ。浩平は大学に入学した当時の同級生で、そこから足掛け六年来の友人関係が続いている。私は卒業してから就職、浩平は院に進んで未だ学生だけど、こうしてちょくちょく、お互いに飲みに誘っては会っていた。

浩平は今風の茶髪だけどチャラくはない好青年。顔は本人いわくフツメンだけど、笑うとすごくいい笑顔になるし、けっこうカッコイイじゃん？　って思うことも度々《たびたび》ある。ずっと彼女ができないのが不思議なくらい。

「じゃ、乾杯！」

グラスを打ち付け合ったあと、私はチューハイ、浩平は生ビールを呷《あお》った。

「ぷはー！　この一杯のために生きているー！」

こんな女らしさの欠片《かけら》もない台詞《せりふ》を吐いたって、浩平は笑って聞き流してくれる。私は会社帰りのスーツ、浩平はマウンテンパーカなんて着てて、お洒落らしさの欠片もない呑み会だけど、肩肘《かたひじ》張らないこの関係が心地良い。

乾杯の直後、普通は互いの近況でも語り合うんだろうけど、私たちはしょっちゅう会っているのですぐに雑談が始まった。

「知ってる？　乾杯って毒見の為にあったたって」

開口一番、浩平が得意げに語りだした。

「毒見？」

「こうして同時に飲むことで、毒が入ってないか確かめ合ったたって説が」

「へぇ、そうなんだ」

『……そういえば、こないだ読んだ江戸時代の毒見の話。解毒剤が茹《ゆ》で小豆《あずき》の汁だったたって……効くのかな、そんなの』

会話と会話の間に、ふっと浩平の考えていることが伝わってくる。あ、これは小豆の話が出るなって待ち構えていると、案の定浩平は「なぁ、小豆の汁って飲んだことある？」と言いだした。キタキタ。

「あるよ。デトックス作用があるって」

「へぇ、そうなんだ」

そこで会話は終わるけど、浩平は頭の中で『今度、飲んでみようかな』なんて興味を引かれていた。

私たちの会話はわりとこんな感じに、お互いが言いたいことを言ったら気が済んで、とりとめのない話題が次々に移っていく。でも浩平は何気に私の言葉を覚えていてくれたりする。それに浩平は言動と心の中の声がだいたい一致しているから、モヤモヤしないで済む。

一緒にいて気が楽なのは浩平ぐらい。もちろん彼だっていい加減なことや、意地悪なことも考えたりするけれど、心の奥はいつも春の海のような優しい色をしている。でもこんな風に穏やかな関係でいられるのはきっと、私から浩平への想いも、浩平から私への想いも、どちらも恋じゃないからだと思う。

周囲の人たちにはよく恋人と勘違いされるけど、私たち二人にそんな意識は全くなくて、どちらかといえば男同士の友情が一番近い……かな。

楽しい数時間を過ごして帰宅すると、弟も兄もとっくに帰ってリビングで寛《くつろ》いでいた。

そろそろ深夜だから当たり前か。

バッグを置いてソファに腰かけると、メイド頭《がしら》の山田《やまだ》さんがリビングに入ってきた。

「光正さま、空港までのお車、手配しておきました」

「ありがとう」

兄が礼を言うと山田さんは一礼して下がっていった。ん、空港？

「みっちゃん、出張？」

兄は振り返ると小さく顎《あご》を引いた。

「明日からシカゴにね。金曜には戻るけど、木絵のとこ泊まるから」

へぇ。ちゃんと進展してるんだ、って感動していたら（彼女の家にお泊まりだって～）

と明らかに茶化す弟の声と、兄の（うるさい）って声が頭に響いた。

「声に出して。家では脳内会話禁止！」

全く、二人とも約束をすぐに忘れるんだから。でもそう言った途端、今度は二人とも黙るのだった。兄は旅行に持っていく本を物色中、弟は膝に乗せたヨシマサの両前足をバタ足の練習みたいに動かして遊んでいる。私は……お酒が入っていたのもあって、前から気になっていたことをポロッと口に出していた。

「……みっちゃん。テレパスのこと、木絵さんに話すの？」

「…………」

兄は表情を急速に曇らせた。私たちはお互いに考えたことがすぐ伝わってしまうから、大抵のことは質問すればすぐ回答が手に入る。だから兄が脳内も含めて無言なのは、本人も迷っているということだ。

会話に微妙な間が空いたら弟が割って入ってきた。

「姉貴、一度元カレに話して、どん引きされたからな」

その言葉に兄は息を飲んで私を見た。……っとに、この馬鹿弟は！　何で言うのよ。私の痛恨《つうこん》の過去……人生最大の失敗を。

こうなったら隠し事は無理なので、私は覚悟を決めて兄に向き直った。

「言わない方がいいよ。うまくいかなくなるから」

私はバッグを引っ摑《つか》むと、兄の傍《そば》を通ってリビングを出た。ドアが閉まる直前に兄が弟の頭を本でバシッと叩いたのが聞こえた。ああ、そんな風に気を遣《つか》わなくていいのに。

……それとも、我がことのように思ったのかな。

こんな力を持っていると慎重になるのは仕方ない。兄と木絵さんには、私と元カレみたいな終わり方……破局はしてほしくないなって、そこだけは素直に思った。

3

その日の木絵《きえ》は朝から上機嫌だった。なぜなら。

(今日、光正《みつまさ》さんがアメリカから帰ってくる)

順調に交際を進めていく中で迎えた初めての遠距離恋愛（たった一週間だけど）、でも毎日メールは欠かさなかった。そして今日は光正が空港から木絵の家に直行して、そのまま泊まっていくことになっている。

(美味《おい》しい手料理を用意して……お帰りなさいって出迎えよう)

自分の席でモニターと向き合っていても、考えるのは愛《いと》しい恋人のことばかりだ。

(アメリカといえば……やっぱりコレだな)

木絵が妄想に選んだのはＦＢＩの捜査官だ。それもスーツ姿ではなく防弾チョッキを着て拳銃を構えている、元からカッコイイ光正を更にカッコよくした姿だ。

(ＦＢＩ捜査官の光正さんが命じられたのは、麻薬の売人のアジトへの単独潜入および逮捕なの。しかし武器は拳銃一丁のみ。失敗は即、死を意味した……）

夜のNY《ニューヨーク》は雨のベールに包まれていた。

だが、夜半には雪になるかもしれないこの雨が、今の光正にはありがたかった。激しい雨音が足音を消してくれる──。

光正は廃ビルの駐車場に侵入すると、錆《さ》びた鉄階段の下に身を隠した。情報によればこの廃ビルの一室が麻薬の売人の潜伏先であり、売人は一人で現れるはずだと聞いていた。果たして、その情報は信頼できるのか、否《いな》か……。

光正が息を潜《ひそ》め迫りくる冷気に耐えていると、アスファルトを叩く雨音に変化が生じた。いや違う、あれは車が水溜まりを踏む音だ。その直後、駐車場はヘッドライトの強烈な光に満たされていた。売人の車が入ってきたのだ。

売人がエンジンを止めて車を降りた瞬間、光正は銃を構えて物陰から飛び出した。

「FBI！」

しかし売人（顔は肌の浅黒い脇田《わきた》）も一筋縄ではいかない。彼は趣味の悪いスーツの懐《ふところ》から拳銃を取り出すと、カウンターパンチを繰り出すように光正に銃口を向けた。

「……くっ！」

クロスする二本の腕の先は、どちらも相手の喉元《のどもと》を正確に狙っていた。

互いに睨《にら》み合ったまま膠着《こうちゃく》状態が続く。二人は銃口の狙いをピタリと定めたまま、相手を威嚇《いかく》し始めた。

「フリーズ‼」

「ファック！」

「ホールドアップ！」

「シット！」

「ステイ！」

「バウ！　バウ！」

「…………」

「…………」

「…………」

「…………」

売人と光正は眉間《みけん》に皺《しわ》を寄せながら懸命《けんめい》に次の言葉を考える。しかしどうしても思いつかない……！　だから人質の木絵（いつからいたんだとかツッコんではいけない）は思い切って叫んでみた。

「ヘルプ・ミー‼」

男二人はさっと同時に振り向いた。二人が目にしたのは縛《しば》られた木絵……ではなくて、その手前のテーブルに置かれた一箱のリンゴだ。

二人はリンゴに拳銃を向けると、噛みしめるように語りだした。

「イトイズ、アンナポー」と光正。

「イエス、イト、イズ」と売人。

「メニー、メニー、アポーズ」

「アポーズ、イート、デリシャス！」

「アイライク、アポー！」

「ハッピーバースデー！」

木絵はガクリと項垂《うなだ》れた。

「ダメだ……英語力がお粗末すぎて話が進まない……」

諦《あきら》めた木絵は真面目《まじめ》に仕事しようと決意するが、その時、机の上で携帯電話が振動した。

（光正さん？）

急いで手にとって確認すると、やはり光正からのメールだった。しかし文面は……。

『ごめん、今夜駄目になった。仕事が立て込んで。また連絡する』

（えぇー……）

ふしゅぅ、と音を立てて木絵のほんわか気分は萎《しぼ》んでいった。


気落ちした木絵を見かねたのか、その日は退社後の駅までの道のりを阿部《あべ》が同伴してくれた。陽《ひ》はすっかり落ちて街灯が等間隔に点《とも》る石畳の道を歩きながら、落ち込んでいる理由——メールの内容を伝えると、阿部はニヤリと笑った。

「さてはフラレたな」

「えっ……やっぱりフラれますかね私……」

どよ～んと効果音がつきそうなほど項垂れると、「えっ？　やだ冗談だって」と阿部は慌《あわ》てた。

「どうしたの？　何かあった？」

「いえ……」

冷静に考えてみれば、逢瀬《おうせ》の約束がたったの一度だけ忙しいという理由でキャンセルされただけだ。けれどこのところ、人生の幸福が一度にまとまってやってきたような日々が続いていただけに、てっぺんまで登り詰めたらあとは転がり落ちるだけ……という気がしてならないのだ。

「……実は私、小さい頃から空想する癖《くせ》があって」

「うん、知ってる。よくボーッとしてるもんね」

「すみません、私の楽しみで……でも最近、良くない妄想もしてしまうんです。『おとぎ話はハイ終わり』とか、『夢から覚める夢』とか」

だってどう考えても木絵は今の状況を、自分が考えた妄想か、もしくは寝ている間に見ている夢としか思えないのだ。木絵の言葉は説明にもなっていない説明だったが、そこはさすが阿部、何年も机を並べていない。木絵の言いたいことは理解したようだ。

「それは木絵ちゃんだけじゃないって。みんなそう。恋するがゆえよ」

「……恋ゆえ?」

「そうよ。恋……」

二人の足がピタリと止まった。二人同時に、信じられないものを見てしまったからだ。

全くの偶然だった。少し先の交差点にタクシーが停まり、そこから光正が、そして彼に続いて白いスーツを着た若い女性が降りてきたのだ。かなり美人の。

(………!)

二人は腕こそ組んではいなかったが、体がくっつきそうなほど近くに並んで少し歩くと道を挟んで反対側のダイニング・バーに入っていった。

（光正さん、今日……仕事なんじゃなかったの……？）

我に返った阿部がその店舗の真向かい目指して走りだし、木絵も慌てて後を追った。

大きな一枚ガラスが張られたダイニングバーは、少し離れたこの場所からも店内の様子がよく見えた。光正と謎の美女は窓際《まどぎわ》の席に案内されると、そこに向かい合って腰を落ち着けた。女性はメニューを広げると嬉しそうに光正に笑いかけている。

（……おとぎ話は終わり）

阿部が隣で「何か事情が」と一生懸命にフォローしてくれるが、ショックを受けすぎた木絵の耳には一向に入ってこなかった。

（この先ドロドロになるのは嫌だ。かくなる上は、潔《いさぎよ》く身を引こう……）

そんな言葉がするりと木絵の胸中に落ちた。


木絵が悲壮な決意をしてからおよそ一時間後。

光正は駅を出ると、木絵のアパートへと続く線路沿いの坂道を登っていった。歩きながら携帯を取り出して何度目かの通話を試みるが、繋《つな》がったと思った瞬間すぐに留守電の音声に切り替わってしまった。もう何度かけてもだ。

（やはり、直接行ってみるしかない）

光正は既《すで》に馴染《なじ》みになっている木絵のアパートへの道のりを急いだ。

坂道を登り切った右手すぐ横、三階建ての壁の白いアパートが木絵の自宅だ。赤いレンガタイルのエントランスポーチやベランダの湾曲した鉄柵《てっさく》がレトロでお洒落だが、築年数の古さやエレベーターがないなどの不便な点がある。階段を登って木絵の部屋まで来ると、チャイムを押す前から黒い霧《きり》のような、どす黒い感情が光正に伝わってきた。

（……うわ。何か、ものすごく暗いイメージが）

室内にいる木絵とは数メートルは離れているはずなのに、よほど強く妄想しているのだろう。光正が目を閉じて心を凝《こ》らすと、まるですぐ隣にいるかのようにクリアな映像が頭に流れ込んできた。

漆黒《しっこく》の空に青白く巨大な月が浮かんでいた。草も生えない荒れ果てた大地には魔物のように捻《ねじ》れ曲がった枯れ木ばかりが並んでいる。鳥も虫も、全てが死に絶えて沈黙する森の向こうに、古びた小さな教会がポツンと建っていた。

葬儀でも始まるのか、死者を弔《とむら》う鐘の音がカーン、カーンと物悲しく響き渡る。しかし墓の前に佇《たたず》む参列者は一人だけだ。

なぜなら、村人は全て死に絶えてしまったから……。

「王子よ」

教会の神父は墓前で佇む人影を認めると近寄り声をかけた。白百合《しらゆり》の花束を抱えた高台《こうだい》王子――白タイツにロングブーツを履《は》き、マントを羽織っている中世の王子様だ――は、振り向きもせず墓石を見つめている。その頬は両の瞳から流れる涙でしとどに濡れていた。

神父は王子の痛ましい姿にかける言葉を失った。しかし、やがて絞り出すように彼に悲しい事実を告げるのだった。

「……お嘆《なげ》きになることはありません。あの者はすでに人ではなく化け物になり果て、村人を次々と襲ったのです。死は……当然の報《むく》いです」

そう言って神父もまた、王子が見つめる先、真新しい墓石を見やるのだった。

『KIE　HIRANO』と刻まれた、この村で最後になる墓を……。

「死んでる。なんか村人襲って死んでる」

一体なにがどうなって死に至ったのか不明だが、光正は慌ててチャイムを連打した。

数秒の間を置かずして、扉が開かれた。

「光正さん……?」

木絵は喜びよりも先に怪訝《けげん》そうな表情を浮かべた。光正としては木絵が村人を襲った理由を一刻も早く知りたいところだが、心の映像を見たことを話すわけにはいかないので、努めて普通の態度を貫いた。

「ただいま。やっぱり顔だけでも見ようかなと思って」

いつもならここで木絵の表情と心の中がぱぁっと明るく晴れるのに、木絵の感情はモヤモヤしたままだ。それでもせっかく家に来てくれた恋人を追い返すなんてことはなく、光正はすぐに家に上げてもらえた。

ワンルームの木絵の部屋は、軽く見渡せばダイニングテーブルもキッチンも全部見えてしまう。丸い小テーブルの上には袋に入ったままの焼きそば(粉末ソース付き)が無造作に置かれており、木絵が夕飯を質素に終わらせるつもりだったのが見て取れた。

「携帯、何度もかけたんだけど」

「あ……」

木絵は何かを言いかけて俯《うつむ》いてしまった。しかし、口はきつく横に結んでも心の声は雄弁《ゆうべん》だった。

『やっぱり……あの話をしにきたの？　他に好きな人ができたとか、そういう……』

　そして同時に、心の中で洒落たダイニングバーの映像が再現されはじめた。窓ガラスの向こう側で光正と女性がテーブルに着き、談笑している……。

（ああ……なるほど）

　そういうことかと光正は納得した。

（ちゃんと話すか……）

　とりあえず木絵の夕食が先だなと思い、光正はソファではなくキッチンへ向かった。

「夕飯まだだった？　作るよ」

「あ、そんな、たいした材料ないから」

「料理作るの好きなんだ。なかなかうまいよ」

「え……」

　そこまで言われると逆らえないのか、木絵は素直に光正の調理を認めた。

　流し台に近づくと、横の壁にかけられたホワイトボードが目に入る。マグネットで貼りつけてあるメモの中に謎の妖精の微妙な手描きイラストがあるのを見て、光正は知らず知らずに微笑んだ。

　食材の下ごしらえを開始しながら、光正は後ろで所在なげに立つ木絵に話しかけた。

「実は今日、浅野《あさの》専務に娘さんを紹介されてね。海外研修の件で相談したいって言うから応じたんだけど、どうやらそれは口実みたいで。娘さんを勧《すす》められそうになった」

木絵が息を飲むのが背中越しに聞こえたので、光正は結果から先に伝えた。

「でも断った」

『え？』

「もう婚約していますからって」

「婚約……」

木絵は驚いて固まると、頭の中でぐるぐると今の言葉を回し始めた。

『婚約⁉　光正さん、婚約者がいるの？　嘘《うそ》……』

瞬《また》く間に暗黒の闇と墓地のイメージが木絵から溢《あふ》れ出した。墓前の土がムクムクと盛り上がり、地面にボコッと上半身を出したゾンビの木絵が大声で叫ぶ。

『婚約者って、誰⁉』

光正は食材をシンクに放り出すと慌てて振り返った。

「どうしてそうなる⁉」

「え？　何が」

突然叫びだした光正に驚いた木絵は、茫然《ぼうぜん》と立ち尽くすだけだ。

「……いや、だから。つまり」

ダメだこりゃ、と悟った光正は冷静に手を拭《ふ》くと、三歩進んで木絵に近寄る。そして有無を言わさず正面から抱きしめた。

突然の抱擁《ほうよう》に木絵は『え？　え？』と混乱するが、光正の抱きしめる腕の力強さに、婚約者とは誰なのか、じわじわと理解したようだ。光正の胸の中で顔をボッと赤くすると、ぎこちなく微笑んだ。

4

人の心なんて読めると、人間多少は歪《ゆが》んで育つ。人間関係を築くのは困難だし、親友も恋人も面倒くさい。だから兄貴は対人関係には慎重で、姉貴は見かけによらず臆病だった。

そんで俺、高台和正《こうだいかずまさ》はちょびっとだけ意地悪だ。


あの慎重な兄貴が婚約を決めたと聞いた時、そういえば兄貴に片思いしていた女がいたなー、ちょっと見に行ってみるか、なんて思いついた。そこで、昨日少し餌《えさ》を吐いたヨシマサをキャリーバッグに入れて、その女のいる動物病院に行ってみることにした。

俺たちの住んでいる地域は明治大正時代に華族が好んで別邸を建てまくったという特殊な場所で、その歴史と風光明媚《ふうこうめいび》な景色から、現代でもここら一帯は高級住宅街と呼ばれている。さすがにうちみたいなサイズの家は滅多《めった》にないけど、それなりに広い戸建てが立ち並び、親子三代以前から住んでいる住民が大多数だ（新規で入れるような土地が余ってないからね)。

　古くからの住宅街のいいところは、生活に必要な施設、いわゆるインフラストラクチャーが充実していること。スーパーや病院や学校は徒歩圏内に必ずある。今日の目当ての場所、さいとう動物病院も、うちから徒歩圏内だ。

　さいとう動物病院は、横板張りの外壁が真っ白い洋館で、古くからやっているので地域住民は大体お世話になっている。近年修繕したとかで喫茶店みたいな洒落《しゃれ》た外観に変わってたけど、中の古くさいながらも小奇麗な内装は変わりなくて、舶来物の長椅子やドクターキャビネットが逆にいい味になっていた。先生の腕も、昔の評判はまあまあだったけど、……今は、どうなってるのかな。

　幸いなことに自分が着いた時はちょうど他の患畜もなく、受け付けしたらすぐに診察室に呼ばれた。

　俺の予想通り、中にはあの女――院長の娘で俺の姉貴の同級生、斉藤純《さいとうじゅん》がいた。丸顔なのもショートヘアなのも高校生の頃からちっとも変わっちゃいないが、今はいっぱしの獣医らしくケーシー型白衣を着て机に向かっていた。

　椅子に座っていた純は俺の姿を見て驚いて立ち上がると、頭の中でこう叫んだ。

『光正《みつまさ》さん‼』

いくら似てるからって好きな男と間違えるかね。二度も。

思えば斎藤純は、出逢《であ》った時からなんとなくイラッときていじめたくなるタイプだった。うっかり者の純先生も、さすがに面と向かって話しかけたら俺が誰だか分かったようだ。最後に会ったのはイギリスに留学する前だから二年半ぶりだったわけだけど、特に感動もなく再会の挨拶《あいさつ》的会話は終わった。

キャリーバッグからヨシマサを出すと、獣医らしい眼差《まなざ》しで純は診察を始める。デブ猫ヨシマサは台に横になったまま動こうともしないから診察は楽だろう。体温を計ったり聴診器を当てたりしているのを見守りながら兄貴が婚約したことを告げると、純は明らかに動揺していた。

「婚約⁉　光正さんが」

「そ」

『……光正さんが……婚約』

この時、純の脳裏に浮かんだのは、思い出の一風景ってやつだった。

十年前、中学生の純が父親に会いにこの病院にやってきた時、待合室に黒いラブラドールを連れた少年が座っていた。純はその一瞬、ちらりと顔を見ただけの少年に恋をした。

その少年こそが当時高校生だった兄貴だ。

『十年間片思いし続けた……。偶然茂子《しげこ》と友達になって、「妹の友達の純ちゃん」にはなれたけど、これでもう片思いも完全に終わり……』

すごい、まだ兄貴のこと想ってる。ここまでいくと感心を通り越してこわいな。

ある意味、尊敬の眼差しで見ていると、俺の視線に気がついた純は慌《あわ》てて顔を上げた。

「そういえば和正君、就職決まったんだって？」

「うん、建築事務所」

「そっか、良かったね……」

とは言うがこれはあくまで社交辞令で、完全に心ここに在《あ》らずの状態だ。その証拠に純は重たいヨシマサを抱きかかえて俺に返しながら、「半日絶食させて、まだ吐くようなら明日来てください」と型通りの文句を言った。

「明日？　休診だよね」

「あ、そっか」

本当に気づいていなかったようで、純はそんな自分に焦《あせ》っていた。兄貴の婚約がそこまでショックだったか。

「じゃあさ、純先生、往診《おうしん》してよ。うちに来るの久しぶりでしょ？　兄貴も喜ぶよ」

「えっ……やだ、何言って……！」

途端に純は顔を綻《ほころ》ばせて照れ笑いした。なんて単純なんだ。名前が純なだけはある。

「あ、間違えた。姉貴も喜ぶよ」

わざと強調して言ってやると、純は瞬時にムッとして心の中で怒鳴っていた。

『……この馬鹿弟！』


翌日の日曜日。自宅のダイニングルームでランチをとっていると、向かいに座る姉貴が自分の携帯を見た後で突然形相《ぎょうそう》を変えた。

「ちょっとカズ。あんた、また純をからかったの？」

「人の脳内勝手に読むなよ」

姉貴は携帯を印籠《いんろう》みたいに顔の前に掲《かか》げると、きつめの口調で告げた。

「連絡来たの！　今日ヨシマサ診《み》に来るって」

「ふぅん、本当に来るんだ。兄貴に会いたいだけだったりして」

俺がおどけて言ってみせると、姉貴はあからさまにむっとして携帯を乱暴にテーブルに置いた。

「あんたがそんな風に純に絡《から》むから、すっかりこの家に来てくれなくなったじゃない」

そう言って姉貴は俺を責めるけど、前科があるのは自覚しているから否定はしない（どうせ、うちの兄弟間で秘密を保つなんて無理な話だし）。

「うん、あの時ね……。ウケたな、あれは」

確かあれは兄貴が留学する直前だから五年前の出来事だ。俺が庭で屈《かが》んでラブラドールのタカマサを撫《な》でていると、後ろから純が近づいてきたんだ。

「……あの、光正さん。初めて会った時から私……あなたのことが」

おいおい、いきなり告白かよ。しかし好きな相手を間違えるかね。ちょうど背格好も兄貴に似てきた頃だったとはいえ、真正面から見ればすぐに違いに気がついたはずなのにね。

これ以上聞いていると笑いだしそうだったので振り向いたら、純はさすがに自分の間違いに気づいて「和正くん⁉」と叫んだ。

「俺で良ければ」

ニヤリと笑ったら、純は告白に失敗したショックと好きな人を間違えた恥ずかしさから「この馬鹿弟！」と叫んで、走って逃げてしまった。

それっきり、この家には来ていない。

「純は不器用で真っ直ぐで……ただ一途《いちず》にみっちゃんが好きなだけなの。面白がらないで」

「はいはい」

でも兄貴に会わせてやりたいって思ったのは、本当なんだけどね。

と、玄関のチャイムが鳴った。

「お。噂《うわさ》をすれば早速」

席を立つと、俺を監視するためか姉貴もついてきた。

……だがしかし。

俺たちがエントランスホールで鉢合《はちあ》わせしたのは斎藤純ではなく、眉毛のきりりと引き締まったセミロングのマダム——そう、俺たちの母親、高台由布子《ゆうこ》だった。

（げ）

（うぉ）

俺も姉貴も同時に頭の中で唸《うな》っていた。まさか今日このタイミングでイギリスから帰ってくるとは。

高台由布子がどんな人物か一言で説明すると「良家の子女で上流階級の奥様」だ。実際、高台家は旧華族の一族だし（祖母の実家なんて伯爵家だし）、母自身も実家が資産家でお嬢様育ちなので「上流階級の奥様」は比喩《ひゆ》でもなんでもない。宝石を買い漁《あさ》ったり、夫の金で遊び回ったりする趣味はないので、その点は良き妻、良き母だ。

だけど彼女はとにかく気が強い。そして口調がキツイ。自分の考えをあくまで押し通すし、歯に衣着《きぬ》せぬ物言いで理路整然と迫ってくるので大抵の人間は太刀打《たちう》ちできない。

ただし誤解がないように言い添えておくと、母は決して悪人ではない。自分の考えを押しつけるのはそれが正しいことで、ひいては相手の為でもあると心の底から信じているからだ。ま、どっちにしろ厄介《やっかい》な人間には変わりないけど。

母はメイドの一人にスーツケースを自室へ運ばせると、俺たち二人をじろりと睨《にら》んで口を開いた。

「どういうこと？」

いや何が。二人で困惑《こんわく》していると母も端折《はしょ》り過ぎたと思ったのか、言い直した。

「光正が婚約って、何の話？」

（ちょっと、何で急に）

姉貴が焦って脳内で話しかけてくる。

（おばあちゃんから聞いたんじゃない？　兄貴、手紙書いたみたいだったから）

俺たちが表面上は黙っているのを姉弟示し合わせて隠していると感じたのか、母は更に踏み込んできた。

「お相手はどなた?」

と、そこで運悪く玄関扉が開いて「こんにちは〜」と入ってきたのは、往診鞄を肩から下げた純だった。

純は例の勘違い事件が起きるまでは姉貴に会いによくこの家に来ていたから、母とも面識があった。だから仁王立ちの母にも怯《ひる》まずに、「おば様? ご無沙汰《ぶさた》してます」と深々と頭を下げた。

混乱したのか母の思考は一瞬、止まる。が、なぜか笑顔になった。

「純さんだったの? あらそう、そういうこと」

全然違う。

純は「え?」と首を傾《かし》げ、姉貴は一応説明しようと「そうじゃなくて……」と話しだす。

しかし今度はそのタイミングで、開いたままになっていた扉から兄貴が入ってきたのだ。

しかも木絵《きえ》さんを連れて。

うわ、最悪。

「光正?」と母が呼んで兄貴は驚いて足を止めた。純は兄貴を見てドキリと心臓を高鳴らせ、兄貴が発した「母さん」の声に木絵さんが「えっ!?」と目を丸くして兄貴の後ろで立ち止まった。カオスだ。

「何で急に……」

兄貴は冷静を装って話すけど内心は動揺していた。木絵さんがいるからだろう。母は全く悪びれずに咎《とが》めるように言った。

「あなたが隠すからよ。純さんとの婚約」

これには、さすがの兄貴も言葉を失った。その後ろで木絵さんの感情が大きく波立っていたけど何分彼女はいつも通り無口なので、母は気にも留めなかった。というか、母の視界に映ってなくない？

「心配して損したわ。お相手が純さんなら、私も安心」

姉貴が慌てて「そうじゃなくてお母様」と訂正に入ったところで、母はやっと木絵さんの存在に気がついたようだ。余所《よそ》行《い》きの顔で「あ、あなた。新しく来たお手伝いさん？」なんて笑いかけた。

確かに木絵さんは地味で影が薄いけどさ……。木絵さんは木絵さんで反射的に「はい！」なんて返事してるし。

「あ、いえ、あの」

否定の言葉が出せなくてもだもだしている木絵さんに、兄貴が助け舟を出した。

「彼女は平野《ひらの》木絵さん。僕の婚約者です」

「……あなたが？」

母はまじまじと、頭を下げる木絵さんを凝視《ぎょうし》する。一方純の心の中は、驚きよりも疑念の方が強く滲《にじ》んでいた。

『この人が？　……普通すぎる』

ごもっとも。


純には申し訳ないけど往診は延期にして帰ってもらった。なにしろ我が家は間違いなく、今から嵐が吹き荒れる。

俺と姉貴は食べかけの昼食を諦《あきら》めて心配と好奇心を持って、兄貴と木絵さんは緊張した面持《おもも》ちで、母だけが戦《いくさ》に臨《のぞ》む武将みたいに気合満々で応接室兼図書室に移動した。

母はソファの長椅子に、テーブルを挟んで斜めの椅子に兄貴と木絵さんが座った。俺と姉貴はそんな空間に近寄れるわけもなく窓際《まどぎわ》のカフェテーブルに避難した。一応、応援というか援軍のつもりで。

でも始まった会話は案の定、母の独擅場《どくだんじょう》だった。

メイドがお茶を置いて立ち去ると、木絵さんはまず自分から話しだした。

「……初めまして、平野です。よ、よろしくお願いします」

木絵さんにしては上出来だけど、母は不敵な笑みでそれを軽く受け流した。

「私は高台由布子、光正の母です。ところで平野さん、ご出身大学は？」

「母さん。面接じゃないんだから」

兄貴が苦言を呈するけど、木絵さんは頑張った。

「あ、白樺《しらかば》女子大学です……」

うーん、全然聞いたことない。少なくとも伝統校じゃないな。母はピクリと眉毛を動かしたが、ここでは何も言わなかった。

「そう。ご趣味は？　何を習っていらっしゃるの」

「趣味？　特にこれと言って……あ、小さい頃、水泳をやってて平泳ぎのフォームが綺麗だと……」

「平泳ぎ…………」

「はい…………」

母はむっつり黙り込んだ。習いものといえばお茶かお花か乗馬、料理教室あたりに違いないと信じ込んでいる人だから、木絵さんの予想外の返答に困っているんだろう。

「…………そ、そういえば平野さんって、もしかして山林王の平野財閥《ざいばつ》のお身内なのかしら？」

焦った母は、木絵さんの中にせめて一つだけでもと高台家のメリットになるものを探り始めたが、そんなものあるわけがない。

「いえ、全然……親戚とかではないです」

木絵さんのぼんやり口調で否定されると余計に腹立たしいのか、母は一見優しげな笑みを湛《たた》えて「……そう」と呟《つぶや》いた。頭の中は全然穏やかじゃないんだけど。

俺と姉貴が鳥肌を立てたのは言うまでもない。

怖《こ》えぇ〜。


夜になって、木絵さんを送っていった兄貴が家に戻ってくると、母は昼間と同じソファに座って高らかに宣言した。

「私は反対です」

もっとも俺も姉貴も、そして兄貴も、母がこう言うことは昼間から分かっていた。なにしろこの人の性格は裏表が全くなくて、心の中で思ったことをそのまま口に出すからだ。

俺と姉貴は隣接する図書室側の椅子に座り、少し距離を置いて母と兄貴の戦争を眺めていた。

「恋愛なら幾らでもご自由に。でも、こと結婚となると話は別です」

「どうしてですか」

兄貴は冷静に言うけど、心の中は静かに風が吹き始めていた。

「いずれあなたは高台グループを率いる立場なのよ。そりゃ何事も慎重なあなたが選んだ人だから性格はいいんでしょうけど。もっと条件が揃った人の中にも性格のいい人は沢山います」

母はいつもの調子で断言する。しかしここで兄貴が母の演説を遮《さえぎ》った。

「いい加減にしてください。僕は木絵がいいんです。彼女と結婚します」

「……っな」

今までに一度も親に逆らったことのない兄貴が初めて反抗したことに、母はちょっとショックを受けていた。俺たち三兄弟の中で、兄貴だけは小さい頃から素直で母の言うことをよく聞いていたからね（兄貴は母の意見に全面賛成なわけじゃなく、やり合うのを避けてただけなんだけど）。

しかし母は言われっぱなしでいるような人間じゃない。話を強引に終わりにして立ち去ろうとする兄貴を「待ちなさい！」と呼び止めた。

「なら聞かせてちょうだい。何であの人なの」

兄貴は足を止めて振り向いたけど、答えられずにいた。

姉貴が半ば独り言なのか心の中で呟く。

（心を読んで好きになった、とは言えないか……）

（だよね。この能力知ったら母さん、卒倒するよ）

俺の相槌《あいづち》に、兄貴は心の中でまで黙ってしまった。


言いたいことを全部言い終えた母は自室へ引き上げていった。微妙に傷心の兄貴はふらりとテラスへ出ていく。俺と姉貴はなんだか兄貴に悪い気がして、黙って見送った。

だけど……俺たちの能力は厄介で。意識して他人の思考をシャットアウトすることもできないし、誰かの強い想いは距離が空《あ》いても感じ取れてしまうんだ。壁一枚隔《へだ》てただけのテラスじゃ離れた意味が全くなかった。俺も姉貴も……兄貴の思考を見てしまった。


そこは会社の中だった。兄貴は目の前のダッフンヌ神父……じゃない、なんとか課長と会話を終えてその部署を出るところだった。

と、兄貴の視線が移動して、部屋の隅っこのコピー機を捉《とら》えた。正確にはその前に佇《たたず》んでいる木絵さんを。

（……それは突然だった。彼女のとんでもない妄想が頭の中に飛び込んできて）

兄貴の声に続いて、突如、３Ｄシアターみたいな大迫力の映像が脳内に伝わってきた。

そこではなぜか兄貴が騎兵隊の格好をして、ダッフンヌ課長の率いる謎の軍団の集中砲火を人間技とは思えない精妙な剣さばきで凌《しの》いでいた。カートゥーンアニメか。

と、また思い出の場面が切り替わる。今度はエレベーターの中で、後ろに木絵さんが立っている。するとまたも展開する木絵さんワールド。エレベーターの扉が開くと、そこにまた課長扮《ふん》するドダリー卿《きょう》が人質の課長を連れて現れた。双子なの？　しかも兄貴は「課長は諦《あきら》めよう！」なんて言ってるし。ひでぇ（妄想している木絵さんが）。

ここらへんで俺と姉貴は耐え切れずに噴き出した。

また場面が変わって、今度は兄貴が社内の廊下を歩いていた。いろんな人とすれ違う度《たび》に聞こえてくる他人の本音が、雑踏のざわめきのように耳に入ってくる。

『早く帰りてー』『あぁカッコいい』『嫌な女！』『あのクソ上司』

その度に兄貴の心の中に壁ができる。

ああ、分かる。人の心の中は悪口だらけで俺も姉貴も雑音だと割り切っているけど、それでも耐えきれなくて一切を遮断したくなる時があるんだ。

そんな時、兄貴は通りがかった給湯室の中に木絵さんの姿を見つけた。今回もやっぱりぼうっとしている。

（一人でいるのを見ると今度はなんだろうとすごく気になって）

兄貴の足が給湯室の手前の壁際で止まる。すると木絵さんの心の声が聞こえてきた。

『このお茶、ちょっと熱すぎちゃったかな。もう少し冷ましてからの方が飲みやすいかな……』

優しい響きだ。そこには他人への悪態も、見栄《みえ》や打算も一切なくて、心の底からお茶を飲む相手への思いやりだけが溢《あふ》れていた。木絵さんの心の中には、他の人間とは違う、ゆったりだけど澄んだ想いが流れていた。

雨の夜の軒下で、兄貴が木絵さんの濡れた髪をハンカチで拭《ふ》いている。窓の光を反射して雨の雫《しずく》が宝石のように輝いていた。

（僕は今まで、誰かの心の中を覗《のぞ》きたいと思ったことはない）

兄貴が月を見上げている……あ、これは今現在、兄貴から見えているテラスからの風景だ。

（木絵だけだ）

俺と姉貴はどちらからともなく応接室を出ると、二階の自室に向かった。あれは勝手に見てはいけない想い《モノ》だ。それくらい、俺にだって分かる。

「あの二人、うまくいくといいな」

「そうね……」

姉貴は気鬱《きうつ》げに相槌を打った。

けれど数日後、二人に、というか木絵さんには、結婚を懸《か》けてある試練が課されることになったんだ。

5

月曜日のお昼休み、木絵《きえ》と光正《みつまさ》はオフィスビルの中庭に出ていた。

二人は芝生の段差に設《もう》けられた敷石をベンチ代わりに並んで座ると、会社前の屋台で買ってきたランチボックスを膝《ひざ》に置いて食べ始める。時折フォークを持つ手が止まる木絵を見て、光正が申し訳なさそうに話しかけた。

「……昨日は母が嫌な思いをさせて、ごめん」

「ううん……私こそ」

「気にしなくていい。母が何を言おうが僕たちには関係ないから」

「…………」

木絵は小さく頷《うなず》くが、心の声が光正には聞こえていた。

『……でも。光正さんのお母さんだもの、反対されたままってわけには……あっ』

木絵はハッと顔を上げる。

『こうなったら駆け落ちするしか！』

（え、駆け落ち？）

光正が戸惑《とまど》う間もなく、木絵の妄想がまたたく間に広がった。


時は大正、季節は冬。

街で一番の大店《おおだな》、高台《こうだい》呉服店の長男光正と奉公人の木絵は身分違いの恋に落ちた。

「逃げよう、木絵」

光正に手を摑《つか》まれて、木絵は弾《はじ》かれたように顔を上げた。

「坊ちゃま？」

「君のためなら高台家は捨てる！」

「……坊ちゃま！」

手を差し出した光正は、家人に怪《あや》しまれないよう家を抜け出したためか学校帰りそのままの学生服にインバネスコート、学生帽を被《かぶ》っていた。手には革製の旅行鞄《かばん》が一つだけ。けれど木絵も似たようなものだ。奉公人の木絵の姿もまた、仕事着でもある粗末な着物一枚だけで、手荷物は風呂敷が一包みだけだった。

「行こう」

二人は手に手を取って駆けだすと、行き先も分からぬ夜行列車に飛び乗って故郷へ別れを告げたのだった。

……………それから、ひと月あまりの時間が流れた。

お坊っちゃまといえど、学生の光正が持ち出せたのは僅《わず》かばかりの路銀だけ。二人は流れ着いた先の農村で物置小屋を借りて、かつかつの生活を始めたものの、とうとう生活が立ち行かなくなった。

木枯らしの吹くある日、小屋の外で畑仕事を終えて休んでいる木絵のもとへ町に出ていた光正が駆け戻ってきた。

「木絵！　仕事が見つかった、大樽《おおだる》運びだ！」

誇らしげに語る光正だが、木絵は心配そうに表情を曇らせた。

「坊っちゃまには無理でがんしょ。おらがやりますがん！」

そう言って木絵はおにぎり（具なし）を光正に押しつけた。思わずおにぎりを受け取ってしまった光正だが、釈然としない。

「何言ってるんだ、僕にだってできるさ！」

そう言って光正は勇ましくおにぎりを頬張り始めた。

翌日から光正の大樽運びの仕事が始まった。

法被《はっぴ》を着た光正は男衆《おとこし》に交じって、中身がいっぱい詰まった大樽を肩に担《かつ》いで店の中に運ぼうとする。が、学業に励んでいただけの体には大樽は重すぎた。光正はすぐにバランスを崩して地面にひっくり返ってしまった。

途端に親方が「はっはっはっは！」と豪快に笑いだす。

「しっかりしなせい、お坊っちゃま。そんな生《なま》っ白《ちろ》い腕じゃ無理じゃろが！」

額《ひたい》に鉢巻《はちまき》を巻いた親方（また脇田《わきた》課長）がキセル片手に囃《はや》し立てた。光正は悔しさから地面に拳を叩きつけるが、唇を嚙みしめて立ち上がると「まだまだ！」と再び大樽を担ぎ上げた。

これには親方も目を見開いて「ほほぅ」と感心する。光正の男気が通じたのだ。

木絵はそんな光正を物陰から見つめながら、「坊っちゃま……頑張るでがんす」と涙ぐむのだった……。


（いや、何の仕事だ）

光正は戸惑いつつも笑いを必死に堪《こら》えた。しかし問題はそこではない。

妄想タイムが終わったからか、木絵はのろのろと食事を再開した。プラスチックのフォークでおかずをパクリと口に入れる木絵を見ているうちに、光正は大事な話を思い出した。

「そうだ、木絵。今週末の夜、空《あ》けておいてくれないか」

「……え？」

週末の夜、木絵は緊張の面持《おもも》ちで高台家の門を再びくぐっていた。勿論《もちろん》一人ではない。傍《かたわ》らには光正が寄り添い、エスコート役を務めてくれている。

月曜日にランチを食べている時、木絵は光正にこう言われた。

「父が、木絵に会いたがってる」

光正の父親は先週末には既《すで》に帰国していたのだが、彼が高台家に戻ってきた時、木絵は入れ違いで帰ってしまっていた。そこで父親はホームパーティーを開いて木絵を招待することを提案したのだそうだ。

ホームパーティーといっても高台家の場合、専属シェフが作るフランス料理のフルコースを着席でいただくので、テーブルマナーをきちんと守る必要がある。しかし参加するのは高台家の家族だけで、服装も普段着で良いそうだ。

婚約となればご両親に挨拶《あいさつ》をするのは当然のこと、木絵に断れるはずもなかった。

幸い、光正によると父親は母親の由布子《ゆうこ》とは真逆の性格で、大変気さくな人だという。

木絵に会いたがっているのも純粋に好意からだそうだ。

（それなら……大丈夫かも……）

ということで、白いブラウスに黒のワンピースという、自前の服の中では一番上品で落ち着いた服を選んでやってきた当日の夜だったが……。

アットホームなパーティーだなんてとんでもない！　横一列に並んだメイドに頭を下げてお出迎えされ、エントランスホールやお屋敷のあちこちには、お客様（木絵一人）の為だけに大きな壺に入った生花が飾られていた。

ダイニングルームの雰囲気も先日のランチの時とは様変わりしていた。

シャンデリアの明かりは極力抑えられ、代わりに灯《とも》された燭台《しょくだい》の光がテーブルを幻想的に照らしている。ジャガード織のテーブルクロスの上には空《から》のお皿と（この上に料理ではなく更にお皿が乗る）扇型《おうぎがた》に畳まれたナプキン、お皿の左右には銀のナイフやフォークがズラリと並び、グラスは一人につき四つもあった。

光正の母の由布子、茂子《しげこ》、和正《かずまさ》は既に着席して会食の始まりを待っていた。普段着……なのだろうが、由布子の黒地に赤い薔薇《ばら》をモチーフにしたワンピースは生地《きじ》からして高級感が漂っていた。きっと木絵とは普段着の感覚が違うのだろう。

メイドに椅子を引かれて座った木絵だが、前を見ると母親の由布子が木絵の一挙手一投足を見逃すまいとじっと凝視《ぎょうし》していた。マナーの採点はもう始まっているのだ。

（ひえっ……）

メイドが数人やってきて食前酒のシャンパンを注ぎ始めた。

（これは……いかにも倒してくれと言わんばかりの細長いグラス……）

木絵が緊張でガチガチに固まっていると、そこに光正の父親が「ごめん、遅くなって」と笑いながら入ってきた。

その瞬間、ダイニングルームの雰囲気が確実に柔らかくなった。

光正の父は相応に歳を経《へ》た男性らしく、目元や口回りには皺《しわ》が刻まれているが、そこはアンの息子であり三兄弟の父親。若い頃は美しさでさぞかし多くの女性を魅了しただろうと予想される顔立ちだ。今日はグレーのシャツの首元を寛《くつろ》げてだらしないオヤジを演出しているが、端々《はしばし》に見られる綺麗な所作《しょさ》からは育ちの良さが窺《うかが》えた。

光正が言った通り、彼は木絵を見つけると人好きのする笑顔を向けた。そして立ったままシャンパングラスをさっと取り上げると、周囲の反応には目もくれず乾杯の挨拶を始めた。

「光正くん、木絵ちゃん、婚約おめでとう！」

「あなた……」

遅れてきたかと思えば今度は急《せ》かし過ぎる夫に妻が注意を促《うなが》して、やっと彼は気がついたようだ
「あぁ、そうか。ご挨拶がまだだったね。僕はね、高台茂正Jr.《しげまさジュニア》母がね、勢いで父と同じ名前をつけてね。でも紛《まぎ》らわしいから、マサオって呼ばれてる」

「マサオ?」

木絵が繰り返すと父マサオは嬉しそうに捲《まく》し立てた。

「そう。変わってるんだ、うちの母。でも木絵さんは好きに呼んで。『お義父《とう》さん』でも『ダディ』でも、なんなら『マサオ』でも……」

「あなた!」

再び妻に呼ばれてマサオはみんなが乾杯を待っていることにやっと気がつき、慌《あわ》てて座った。

「あっ……乾杯!」

「乾杯!」

みなもそれぞれにグラスを掲げ声を揃えるが、やっとか、といった空気は否《いな》めない。

(さすがお父様、人の心どころか)

(空気すら読めないもんな)

向かいの席に座っている茂子と和正は、こっそり目を見合わせた。

乾杯の声を受けて、続き部屋でディナーの開始を見計らっていたメイドたちが最初のお皿を運んできた。前菜は何種類もの野菜の断面が美しいテリーヌだ。木絵は緊張から、ぎくしゃくと変な動きで銀器に手を伸ばした。

(……確か、外側から、一本ずつ取ればいいのよね)

心の中で呪文のように唱えながらナイフとフォークを摑むが、力が入り過ぎたせいか持ち上げる際に内側の銀器に引っかけてしまった。チャリチャリンと派手な音が響く。

「あっ……」

焦《あせ》った木絵は、今度は手にしていたナイフとフォークをお皿に取り落としてしまう。ガチャンと更に大きな音が立った。

「すいません……」

慌てて周囲に頭を下げる。マサオや三兄弟は木絵に恥をかかせまいと何事もなかったかのように振る舞うが、唯《ただ》一人、由布子だけは溜息《ためいき》を吐《つ》くと、ナプキンを畳んで皿の横に静かに置いた。

「正直申し上げて、この結婚、私は反対です」

木絵は顔を泣きそうにぐっと歪《ゆが》めて俯《うつむ》き、マサオは「えぇっ?」という顔で由布子を見た。どうやら彼だけが由布子のピリピリした空気に気づいていなかったようだ。

会食は完全に中断してしまった。由布子は両手をテーブルに乗せて軽く身を乗り出すと、木絵の目を真っ向から見つめた。

「私は意地悪で言ってるんじゃないの。高台家のような家に嫁《とつ》ぐというのは、取り巻く環境、付き合う社会、責任がついて回るんです。平野さん、後悔するのはあなたよ。それじゃ光正も辛《つら》いでしょう?」

静かに語る由布子の言葉には説得力があった。木絵は圧倒されて何も言えなかった。

(………やっぱり私じゃ……)

その空気に耐えきれずに、光正が「だから、もうその話は」と身を乗り出す。

その時。マサオが「確かに」と声を上げた。

「由布子さんの言う通り。反対されての結婚は大変だ」

茂子と和正は驚きのあまり同時にテーブルの奥の父を見た。母はともかく、子供に……というより自分にも他人にも、とことん甘いこの父が、あからさまに反対するなんてあり得ないと思ったのだ。

由布子はそら見なさいとばかりに微笑んで「言って聞かせてちょうだい」と彼を促す。

マサオはえへんと咳払《せきばら》いすると、長演説を一席ぶち始めた。

「僕はそういう二人を知ってる。その当時、社交界の華だったレディ・アンと屋敷の離れに下宿していた日本人留学生、高台茂正」

予想外の物語が始まって由布子は「え？」とマサオを見る。木絵は聞き覚えのある名前にハッとして顔を上げた。

（アンと茂正って……あの肖像画のお祖父《じい》様とお祖母《ばあ》様だ）

マサオは困惑する木絵の瞳に、悪戯《いたずら》っ子じみた笑みを投げかけると、意気揚々《ようよう》と語りだした。

.゜。.:+.゜。.:+*.゜。.:+*.゜。.:+*.゜

伯爵家の一人娘レディ・アン・ペドラーは、流れる金髪に輝く碧眼《へきがん》、透き通る白い肌を持つ清らかで美しい女性でした。当時彼女は二十二歳。社交界中の独身男性からの熱い視線を一身に集めておりました。

一方の高台茂正は日本の旧華族の一族でしたが、当時は第二次世界大戦が終わってからほんの十数年後のこと。イギリス人にとって日本はまだまだ野蛮な敗戦国のイメージしかなく、伯爵令嬢のアンの立場からすれば茂正は格下もいいところでした。

なのにどういうわけか、アンが選んだのは、遠い異国からやってきた留学生の茂正だっ

たのです。

慈善事業家の一面も持つペドラー伯爵は、ロンドンのお屋敷の離れに留学生を何人も下宿させて面倒を見ておりました。離れといっても裕福な伯爵家のこと、そこは窓がいくつも並ぶほど大きな二階建てのお屋敷で、料理や掃除をしてくれる専属のコックやメイドもおりました。

勉学一筋の茂正はこの離れにいる時間は常に机に向かって過ごしていましたが、そんな茂正を毎日訪ねてくる者がありました。

「シゲマサー！」

毎日毎日きっかり三時のティータイムになると、窓の外からレディ・アンが嬉しそうに彼を呼びます。放っておくといつまでも呼び続けるので、今では茂正もすぐに応じるようになっていました。

二階の部屋から窓を開けて見下ろすと、そこにはいつものようにピクニック用のバスケットを手に提《さ》げたレディ・アンが立っていました。中に入っているのはおそらくサンドイッチやスコーンや果物でしょう。

「ティータイムにしましょう。お部屋に伺《うかが》ってもよろしいかしら」

ご機嫌で話しかけるアンですが、茂正の返事は今日もノーでした。

「駄目です。何度も申し上げたでしょう」

ところが、アンはがっかりするどころか可憐《かれん》に笑います。

「あなたっていつもそう。最初に逢ったパーティーの時も……帰りに送ってくれるよう頼んでも、断ったわね」

「それは、あなたに変な噂《うわさ》が立ってはいけないからです。もちろん今だってそうです」

アンは今時珍しいくらいお堅い彼に苦笑しつつも、いつもの妥協案《だきょうあん》を出します。

「それじゃ今日もお庭でお茶をいただきましょう。下りていらしてね」

そこまで言われると茂正はとうとう折れて庭に出て、ガーデンテーブルにティーセットを並べて、アンと二人、美味《おい》しい紅茶を楽しむのです。

実はこの一連のやりとりは、二人がパーティーで出会った翌日から毎日繰り返されていたのです。

最初は単なる好奇心から茂正を誘ったアンでしたが、お茶会をするうちに、いつしか誠実で教養の深い彼に本気で心惹《ひ》かれるようになっていたのです。

「私、あなたのことがもっと知りたいの……」

そう言ってアンは茂正の瞳をじっと見つめますが、茂正はついつい目を逸《そ》らしてしまいました。彼はアンの名誉に傷がつくことを何よりも恐れていたのです。

出会ったのは夏の終わりでしたが、季節が移って冬になっても、二人は木枯らしが吹く中で厚手のコートを着込んでお茶会をしていました。

「……お部屋に伺ってもいい？」

「駄目です」

このやり取りも相変わらずでした。

——けれどそれから数日後、二人の仲は急展開を迎えます。

ある晩の遅い時刻に離れの玄関の扉が叩かれました。茂正が扉を開けると目の前にアンが立っていました。しかもアンはコートもなしの薄着のままなのです。

「アン！　どうしたんです？　こんな時間に。……いけない、風邪をひく」

茂正は慌てて着ていたどてらを脱ぐと、アンに着せました（このどてら＝アンいわく

「ヘンな服」は後にアンのお気に入りの上着になりました)。

寒さで鼻の頭を真っ赤にしたアンは温かなどてらのお蔭《かげ》で勇気が出たのでしょう、顔を上げると毅然《きぜん》と告げました。

「私はあなたを愛しています。結婚してください!」

ちょうどその頃、ペドラー伯爵はアンの婚約を秘密裏に進めていました。アンはそのことに気づいたのでしょう。

もちろん茂正は驚きました。しかし彼には断るという選択肢しかありませんでした、なぜなら。

「……僕には、日本に許嫁《いいなずけ》がいるんです」

そうです。茂正には留学前に決まった茗子《めいこ》さんという婚約者がいるのです。そのことは誰にも話してはいなかったはずなのですが。

アンはそんな茂正を激しく責めました。

「じゃ、あなたは親同士が決めた、たった二度会っただけの人と本気で結婚するつもり!?」

「どうしてあなたがそんなことを知ってるんですか?」

アンは少しばつの悪そうな顔をしましたが、清々《すがすが》しいほどに開き直りました。

「……わかるの私には。あなたは私のことをとっても好きなのよ! 気づかないふりして他の人と結婚するなんて相手に失礼だわ……！」

茂正は驚きました。アンの指摘は本当だったからです。よく笑う朗《ほが》らかなアンに、茂正もまたいつしか恋心を抱いてしまったのです。


。.:+.。.:+*.。.:+*.。


「この日、本当の気持ちに気づいた彼は、アンとの将来を約束したんだ。でも、父親のサー・ロレンス・ペドラーに反対されてね……」

マサオがまるで見てきたかのように語ると一同は息を飲んだ。どうやら母親の由布子も三兄弟も、祖父母の馴《な》れ初《そ》めの詳しいところまでは知らなかったようだ。マサオは皆の反応を窺《うかが》いながらも、淡々と話を続けた。

「結局、彼は一人日本に帰ることになったんだ。けれど、アン——偉大なる僕の母は父を追いかけた」

「日本まで？」

木絵は思わず驚いて呟《つぶや》いた。現代の話だったとしても、イギリスから日本という地球のほぼ裏側に……と思うのに、日本についての情報がほとんどないような時代にたった一人で追いかけてくるなんて、木絵には想像もできない行動力だった。

マサオはそんな母を誇るように、木絵に頷いた。

「けどね、勇んで日本に来たものの父にはなかなか声をかけられなかったそうだよ。もし迷惑がられたらって……不安になったんだね」


.。.:+.。.:+*.。.:+*.。.:+*.。


来日したアンが高台家を訪問すると、茂正は和服に身を包み、実家の日本庭園にぼんやり立っていました。会いたい一心でやってきたアンでしたが、不安に足がすくんで、物陰から動けずにいました。

(もし……茂正の気持ちが変わっていたら……)

その時です。茂正が空を見上げて呟いたのは。

「………アン」

その切なげな声に、アンは弾《はじ》かれたように飛び出しました。その声で分かったのです、彼がまだ自分を愛していること……。

「呼んだ?」

「え⁉」

茂正は驚きすぎて腰砕けになりながらもアンを見据えました。

「どうしてここに」

「あなたが……好きだから」

「君はっ……何て馬鹿なことをしたんだ！　突然来られても困る。それに君のお父上がどんなに悲しむか、なんという親不孝をっ……」

　茂正はとても怒りました。けれどアンは、怒りの表情の奥にある彼の本当の気持ち――アンが来て喜んでいる彼の本音に気がついて、茂正の胸に飛び込んだのです。

　ここまでされては茂正も気持ちを隠し通すことはできませんでした。徐々に顔をほころばせると、アンをしっかり抱きしめたのです。


.°。.:+.°。.:+*.°。.:+*.°。.:+*.°

　長い話を終えたマサオは、満足げに微笑んだ。三兄弟も木絵も、映画を見終わったような感覚に胸がいっぱいになっていた。由布子だけが眉根を寄せて「あなた。それ、何の話？」と詰問する。彼の両親の馴れ初めは素敵だと認めるものの、今ここでその話を持ち出す意図に苛《いら》つきを覚えたのだろう。

　しかしマサオは飄々《ひょうひょう》と微笑みながら「さぁ？」とはぐらかす。

「反対されるほど恋は燃え上がるっていう、たとえ話、かな？」

マサオが二人の結婚を応援するつもりなのだと悟った由布子は軽く彼を睨《にら》んだ。その一方で光正と木絵は、そっと微笑みを交わしあう。

（……私も頑張れば。いつか結婚、許してもらえるのかな）

ディナーが始まった頃は絶望しかなかった木絵の心に、少しだけ勇気の明かりが点《とも》った。

晩餐会《ばんさん》が終わると、由布子とマサオは早々に自室に引き上げていった。今夜は夫婦二人、侃々諤々《かんかんがくがく》の会議をするに違いない。

そして三兄弟は「母は父に任《まか》せた！」とばかりに、木絵のおもてなしを喜んで続けた。図書室へ移動してメイドに紅茶を頼むと、三兄弟は真ん中のソファへ腰を落ち着けた。

木絵は先ほどのマサオの話の影響か、椅子には座らずにアンと茂正の肖像画に歩み寄った。今、木絵の心の大部分を占めるのは行動力あるアンへの敬意だった。

（私も……頑張る）

きりっと顔を上げて誓うものの、（でも……頑張るって何を）とすぐに途方に暮れるあたりが木絵らしかったが。

肖像画の二人をしばらくボーッと見上げていた木絵だが、ふと（そうだ……平泳ぎなら、小さい頃、スイミングスクールでフォームが綺麗だって褒《ほ》められたから）と思い出した。

　木絵がいるのは、かつて国際大会が開催されたこともある有名な五十メートルプールだ。遅咲きのメダリストを目指す木絵の練習は始まったばかり。素人《しろうと》レベルでしかない木絵はオリンピックの夢を語るも、周囲からは笑われるだけだった。

　しかし、伝説のデンマーク人コーチ、イヤン＝ヤッケ（顔は脇田課長）に見出《みいだ》され、木絵の運命は変わった！

「エン（1）、トーッ（2）、エン（1）、トーッ（2）……」

　自転車に乗って掛け声を発するイヤン＝ヤッケに鼓舞されながら、腰からつけた古タイヤを引きずりながらジョギングする木絵！

「エン（1）、トーッ（2）、エン（1）、トーッ（2）……」

　同じくイヤン＝ヤッケに応援されながら、重量上げに励む木絵！

「エン（1）、トーッ（2）、エン（1）、トーッ（2）……」

　跳び箱の上にうつぶせになりながら、フォームの改善に取り組む木絵！

　そうして迎えたオリンピックの選考会も兼ねた国際大会の日。

『平野《ひらの》ガンバレ！　平野ガンバレ！　平野ガンバレ！』

実況のアナウンサーが興奮して叫ぶ中、木絵の泳ぎはどんどん加速して、ついには新幹線並みの速度に達したのだった！　もちろん大会は優勝だ‼

「ヘアリ（素晴らしい）！」

イヤン＝ヤッケもベタ褒めだ！

（……あの泳ぎなら、金メダルも夢じゃない）

光正は木絵の後ろ姿を見守りながらそっと微笑んだ。その笑顔は坊ちゃんを見守る奉公人木絵の笑みに似てなくもない。

（あのプール何メートルあるんだ）

（やっぱり面白い、木絵さん）

和正と茂子も木絵ワールドに慣れたのか、余裕の笑みで楽しんでいた。

母親の由布子が完全に納得するのはまだ先になるだろうが、マサオが味方についたならもう大丈夫だろう。なんだかんだ言って、高台夫婦は深く信頼し合っているのだ。

安心した茂子の目に、いつの間に来たのかソファに寝そべるヨシマサのふてぶてしい姿が留《と》まった。

（そうだ、みっちゃん。純《じゅん》だけど）

（うん？）

（結婚式。決まったら参列したいって）

しかし結婚式は身内のみで行う予定だ。

「どうして」

思わず声に出すと木絵が不思議そうにこちらを振り返ったので、光正は慌てて脳内会話に戻った。

（本当に？）

そう思うのは、純が光正を好きだということを、光正本人も知っているからだ。ただ彼にとって純はどう考えても妹の友達以上の存在にはなれず、気づかない振りをすることくらいしか、彼女にしてやれることはなかった。

もちろん茂子の言葉は友人の気持ちも、兄の気持ちも両方理解した上での発言なのだろう。

（ちゃんと「おめでとう」言いたいんだって。みっちゃんに）

（…………）

光正が躊躇《ちゅうちょ》していると、和正が（呼んだ方がいいと思う）と茂子の言葉を後押しした。

（はっきり現実受け止めた方がいいんだ。十年もグジグジと不毛な片思いなんかして……）

和正の苛つくような言い方に、光正はふっと微《かす》かな笑みをこぼした。

(現実受け止めるのは、お前)

和正は(何が)と怪訝《けげん》そうに兄を見るが、光正は泰然《たいぜん》とお茶を飲むばかりだ。

(ずっと純ちゃんだけを見てきたくせに)

(は？　俺が？)

和正は思わず腰を浮かせた。

(なんでそんなこと……俺は何とも思ってないし)

反論するも、茂子までもが(やっぱりそうなんだ)と追い打ちをかける。

(……いや、俺、ずっと彼女いたし)

(一人も続かなかったろ)

(だから純にいじわるばっかりしてたんだ……)

二人に畳みかけられるように責められて、和正はとうとう冷静さを失った。

「何で兄貴のこと十年も想ってる女に片思いしなきゃいけないんだよ！」

威嚇《いかく》するように大声を出して二人を同時に睨みつけた。兄はそれで黙ったが、勝ち気な茂子は余計にムキになったようだ。

「まぁ、純にその気はないだろうけど」

意地悪く嫌味を言ってフンとそっぽを向いた。

「俺だってないよ！」

和正も怒りに任せて吐き捨てた。

彼も茂子も、声とともに鬱屈《うっくつ》した何かが身から出ていったのか、怒鳴り合いが終わると冷静になって黙り込んだ。三者三様にふぅ、と大きく息をついたその時、彼らの背後から声がした。

「……あの、やっぱり、もしかして皆さんは……その、テレパス？」

申し訳なさそうな顔をして、木絵が三人の真後ろに立っていた。

三人は一様に目を伏せると、ほぼ同時に溜息を吐いた。三人とも木絵が一緒にいることに慣れ過ぎて、彼女の存在を一瞬だが忘れていたのだ。

光正は木絵の質問には答えずに、おもむろに紅茶を飲み始めた。光正は未《いま》だに迷っていた。真実を話すことに。

茂子は無言だ。過去の失敗を既に兄弟に知られている以上、自分から言えることは何もないと思っている。

だが、さきほどの自分たちの会話は、どう足掻《あが》いても誤魔化しきれるものではなかった。

これ以上隠すのは無理だと判断した和正は、木絵ではなく光正に顔を向けた。

「ちゃんと話せよ。……結婚するんだったら」

光正は紅茶を置いて木絵を見つめる。そして不安に揺れる木絵に、大丈夫だというように微笑んだ。


日没から既に何時間も経《た》っていたが、光正は木絵を誘うと屋敷の前庭へ足を運んだ。

山の中腹に建つ高台家の前庭は海に向かって緩やかな斜面になっている。遥《はる》か向こうには黒い海が広がっていたが、屋敷の窓から溢《あふ》れる仄《ほの》かな明かりが、芝生を進む二人の足元を照らしてくれた。

二人は夜風を受けながら、ゆっくりと歩いていく。庭の中ほどで光正は足を止めて、少し遅れて歩く木絵を振り返った。木絵は彼の視線に気がつくと、静かに笑みを浮かべた。

「……何となく分かってた気がする」

「そう……」

「驚いたけど……でも大丈夫」

少ない言葉のまま口を噤《つぐ》んでしまった木絵だが、彼女の心の声は、その後の言葉もきちんと光正に届けてくれた。

『私……喋《しゃべ》るの苦手だから。もしうまく話せなくても光正さんには伝わる。そう思えると安心……』

光正は安堵《あんど》の息を吐くと、木絵に歩み寄った。

「木絵。……僕はよく、『笑わない人』って言われてたんだ」

「え？　でも光正さん、よく笑ってるよね？」

「それは君と一緒にいるからだよ」

光正は溢れるように微笑んで、木絵と向かい合った。

「そばにいてほしいと思う人は君だけだ」

「………」

「ずっと一緒にいたいと思ってる。一生」

胸の中に温かな明かりが点った気がした。先日彼に、婚約者になってほしいと言われた。もちろんそれもプロポーズの言葉に当たるのだろうけど、彼がこれから言うだろう言葉をきちんと聞くのはこれが初めてだった。

「木絵。僕と結婚してほしい」

木絵はゆっくり顔を上げて、「……はい」と小さく頷いた。

ふ、と嬉しそうに光正が笑う。

「もう一度、ちゃんと言っておきたかったんだ」

（私も。聞けて、嬉しい）

微笑む木絵を引き寄せて、光正は彼女の唇にそっとキスをした。キスのあと顔を離すと、どちらからともなく抱き合って互いの胸と首に顔をうずめた。

長い時間が経って、いつしか心臓の音がぴったり重なるまで、二人は身を寄せ続けた。


帰宅した木絵は、光正の二度目のプロポーズを、そして彼の熱いのに優しいキスを思い出して夢心地に浸《ひた》っていた。

（光正さんと私が結婚……夢じゃない、本当のことなんだ……）

ほんわかした気持ちで浮かれながら、木絵はトイレを後にした。

（はー、三日ぶりにスッキリした）

いつものようにお腹《なか》をさすりながらソファに落ち着いて、ふと気がついた。

（……もしかして、今のも。一緒にいたら光正さんに聞かれるってこと？）

「そうでゲスよ。ぜーんぶ筒抜け」

　置物の陰から謎の妖精がひょっこり姿を現した。妖精は大げさに身振りをすると「あーんなことも、こーんなことも」と言って、モザイクのかかった映像を頭の横にぽん、ぽんと映してみせた。

「え……それは嫌だ！」

　思わず口に出た言葉に木絵は愕然《がくぜん》とした。木絵自身も、自分にそんな本音があることに初めて気がついたのだ。

　謎の妖精は背中に回した腕を組むとフンフンと頷いた。

「それにでゲスよ。もし将来、子供ができたら……」

「子供……」

　木絵の背後はいつの間にか高台家の一室になっていた。高い天井に落ち着いたグリーンの壁は高台家らしいヴィクトリアン様式の内装だが、調度品は若い夫婦の部屋らしい白いソファとラグに変えられている。

　そのソファに四歳くらいの可愛い息子が座っていた。

　息子の目の前にあるのは木絵が作ったお昼ご飯のパンケーキだ。頑張って子供の好きなキャラクターの顔を模《かたど》ったのに、何が気に入らないのか息子は一口も食べようとしない。

何かを訴えるように木絵をじっと見つめてくるものの、無言のまま決して喋ろうとしないのだ。

　不意に光正が子供を叱《しか》った。

「こら、タカマサ！　口に出して喋りなさい！」

　しかし息子は反抗期なのか、木絵を見て無言でニヤリとするだけだ。

（なに？　何が言いたいの？）

　息子の心を読んだのか光正は「こらっ！」と子供を叱りつける。息子も、自分と同じ力を持つ父親には信頼を寄せているのか、嬉しそうに笑って無言で彼に話しかけた。

「そんなこと言っちゃ……やめなさい、可哀想だろうママが！」

（え？　何言われてるの、私）

「え？　ええっ！　そんなこと！　えええええ‼」

（だから何言われちゃってるの、私⁉）

　光正はひたすら驚くばかりで解説する余裕はなく……この先も父と息子、二人きりの脳内会話が延々と続くのだった。木絵を置き去りにしたまま……。

　現実に戻った時、木絵は嫌な汗をびっしょりとかいていた。

相談しようにも、もう謎の妖精はいなかった。
心が読める人たちと家族になるということに、木絵は初めて不安を感じた。

6

それからまた数日が経《た》った頃、二人の結婚話は急展開を迎えた。

その日、木絵《きえ》は退社後に迎えに来た光正《みつまさ》に連れられて、会社からほど近い運河沿いの歩道を歩いていた。後方に広がるビル街とは対照的に、二人の歩く周辺は街灯も少なく人もまばらで、ともすれば二人きりでいるかのような錯覚に陥《おちい》る。そのせいだろうか、彼は声を潜《ひそ》めると、二人の将来に関わる重大な話を始めたのだ。

「……今日、内示が出たんだ。ロンドン支社で、子会社化に伴う統括《とうかつ》事業を担《にな》ってほしいと言われた」

「え？　……ロンドンって、イギリス？」

イギリスには光正の祖母の実家ペドラー伯爵家があり、また、彼自身もオックスフォード大学に留学した経験がある。イギリスは彼の第二の故郷ともいえる国……断る理由はないだろう。

「ちょうどいい機会だから、式も早められたらと思って」

「え……」

木絵は口籠《くちごも》る。その一方で、心の中ではこう考えていた。

（……でも、まだ結婚を認められたわけじゃないし……いいのかな）

喜びよりも不安の方が大きかった。けれど木絵はこの気持ちを、光正に言うつもりはなかった。母親に反抗してまで自分と結婚したいと言ってくれる彼に、マイナスの感情を見せたくはなかったからだ。

なのに……。

「大丈夫。きっと分かってくれるよ」

光正は木絵の心の声に笑顔で答えた。一瞬、何が起きたのか分からなかったが。

（え？　……あ……そうか、光正さんは私の心が読めるから……）

納得すると同時に、木絵の中にモヤモヤした戸惑《とまど》いが生じた。さっきの言葉、あれは光正に言ったつもりはなかったのに、と。

（でも……こういうことなんだ）

プロポーズの時は頭がのぼせて深く考えなかったけれど、他人の心が読めるということはつまり、伝えたい気持ちだけじゃなく、伝えたくないものまで伝わってしまうのだ。その事実に木絵は今頃になって気がついたのだ。

「え、その……」

微笑んでごまかしてみたが、こんな時に限ってマイナスの感情が止まらない。心の中では無意識にどんどん言葉が溢《あふ》れてきた。

（いきなりロンドンって。やっていけるかな私……）

「……不安？」

光正は心配そうに木絵の顔を覗《のぞ》き込んできた。

木絵は慌《あわ》てた。また、心の声に答えられてしまった。こんな言葉、伝えるつもりはなかったのに。

「ち、違うの！」

そう光正に告げる傍《かたわ》らから。

（そりゃ不安……）

心の奥にある漠然《ばくぜん》とした感情が、木絵が考えもしないうちに勝手に言葉になって飛び出していった。

（ああまた！）

（だって本当に不安なの）

（こんなこと考えちゃ駄目なのに、勝手に感情が溢れてくる！）

「木絵？」

「な、何でもない……！」

気遣《きづか》ってくれる彼の顔を見ていられなくて、木絵は咄嗟《とっさ》に目をそらした。見上げた先にあったのは、ビルの壁に掲《かか》げられた、広告用大型液晶モニター――そこに映った一面の麦畑の風景だった。おそらくは外国のどこかの田園風景で、青い空の下に収穫を目前に控えて茶一色になった夏麦が風にさわさわと揺れている。麦畑の中心に、緑の葉が茂る木が一本だけぽつんと立っていた。

（そうだ、あの風景を見て心を落ち着ければ……）

モニターに見入っているうちに、木絵の心の中はどこまでも続く麦畑に塗り替えられていった。

次の週末の午後、光正は高台家《こうだいけ》の応接室で、両親に向かってロンドン行きと結婚式を早めることを伝えた。隣にはもちろん木絵も同席している。事前に光正が「大事な話がある」と言ったせいか、窓際《まどぎわ》のテーブルには茂子《しげこ》と和正《かずまさ》の姿もあった。

部屋の中央のソファにテーブルを挟んで光正と木絵、由布子《ゆうこ》とマサオの二手に分かれて座ると、それだけで「VS！」の文字が見えてゴングが鳴りそうな気がしてきた。要するに、部屋の空気が重い。

光正は向かい合った両親に、木絵にも話した事情を手短に告げた。黙って耳を傾けていた由布子だったが、彼の話が終わると威嚇《いかく》するようにきつい口調で訊《たず》ねた。

「行くというの？　二人で」

彼女の視線に木絵は身を縮め小さくなる。しかしマサオは妻の心境を知ってか知らずか、嬉しそうに息子に同意するのだった。

「ロンドンだったらちょうどいいね、おばあちゃんもいるし」

「あなた！　私は反対したはずよ」

先日の晩餐《ばんさん》会の夜にこの両親は散々やり合ったはずなのだが、結局話し合いは平行線に終わっていたようだ。

しかし光正は、最初から許可を求める気などなかった。

「僕の意思は変わりません」

と語気を強めると、母親を見据え一切譲らないと態度で示した。

由布子は光正の固い意思を感じ取り、ふぅと溜息《ためいき》を一つ零《こぼ》した。

「ロンドン滞在ともなると、光正の祖母は伯爵家の一人娘ですから……上流社会でのお付き合いもあります」

そして口を噤《つぐ》むと、怒ったように勢いよく立ち上がり隣接する図書室へ向かった。

「妻として完璧なキングスイングリッシュを話せること。他にも社交ダンス、乗馬、テニス、ゴルフ……」

背を向けたまま木絵に聞かせながら、本棚から何冊もの本を取り出していく。戻ってきた彼女はそれらの本を木絵の目の前にドサドサと乱雑に乗せた。その数、計六冊。

「またそんな無理難題を……」

光正が憮然《ぶぜん》と呟《つぶや》いた。

マサオは木絵と光正に同情するが、それ以上に奥さんにゾッコンなので「由布子さんは何でもできるからしょうがないよ」と彼女に悪気のないことをアピールしだした。

実際由布子は誰よりも自分に厳しく、常にたゆまぬ努力をしている人物で、だからこそ他人にも同じことを求めてしまうだけなのだが……木絵にしてみればクリアすべきハードルが高いことには変わりない。

「要は一通りたしなみがあって、物怖《ものお》じせず振る舞えればいいの。簡単なことでしょう？」

（か、簡単……）

木絵は心の中で萎縮《いしゅく》していた。

光正はちらりと木絵の表情を窺《うかが》った。今まで交際してきた中で、母が出した条件は木絵が苦手とするものばかりだろうと察した光正は、断ってもいいんだと木絵にアイコンタクトを送った。しかし木絵は。

「努力します」

消え入りそうな声だったが承知してしまった。

(マジか)

(木絵さん大丈夫⁉)

和正と茂子が脳内でツッコミを入れる。木絵は堂々たる態度でいるものの、誰がどう考えても荷が勝ちすぎているのは明らかで……光正だけでなく茂子も和正も心配そうに木絵を見つめるばかりだ。

(あれ……?)

意識を集中した和正は、木絵の心の中の光景に違和感を覚えた。

一本の木がぽつんと立つ広い麦畑がどこまでも続いている。けれどそこには賑《にぎ》やかな妖精や脇田《わきた》課長、そして彼女自身もいないのだ。

(何、あの環境ビデオみたいな風景)

（いつもなら木絵さんの妄想が始まるところなのに）

姉弟《きょうだい》は初めは残念がり、それから心配になった。

（……もしかして心を読まれるの、シャットアウトしてる？）

一方、脳内会話には参加せず黙っている光正だったが、密《ひそ》かに眉間《みけん》にしわを寄せていた。

もちろん彼にも見えているのだ。木絵の中の寂《さび》しい風景が。しかし何かがおかしいと思っても、彼にはどうすることもできない。

光正はせめてもと彼女を連れてこの場から消えようと思い、木絵の腕を引いて立ち上がった。

「行こう、木絵」

母や父に背を向けて立ち去ろうとしたのだが、そこをマサオに呼び止められた。

「そうだ。来週末、この家でパーティーがあるんだけど」

「パーティー……ですか」

光正が訊《き》き返すとマサオは、いいアイディアでしょうと表情を輝かせた。

「そう！　高台グループ関連会社のエグゼクティブが集まるパーティー。木絵さんも来てよ！　まずはそういう場に慣れてもらわないと、ね？」

後半の「ね？」は由布子に対する念押しだった。マサオの態度から察するに、これは純粋に木絵の為を考えての招待で、こうすることで由布子にも徐々に木絵を認めさせようとする意図が見えた。

しかし由布子は違った。

「……そうね。もし、その晴れの場で何かしくじったり、粗相《そそう》があったら、その時はこのお話はなかったことに」

強引に、このパーティーを合否判定試験にすると決めてしまった。

（また無茶なことを……）

由布子と木絵以外の全員がこの台詞《せりふ》を思い浮かべた。しかし周囲が反対する前に木絵自身が「はい……」と認めてしまったため、この話はそこで終了となった。

萎縮する木絵の横顔と、彼女の心の中の麦畑を見つめながら、光正は最後まで何か言いたげな瞳をしていた。

夕方になって、木絵が帰る時刻がやってきた。

陽《ひ》が山の端《は》に差しかかってから沈むまでの僅《わず》かな時間、高台家から駅までの道のりを木絵と光正が歩いていた。坂道を下りて麓《ふもと》の平坦な道をしばらく進み、寺の表参道を抜けていく。並木道の枝を渡る風の音や山に帰る鳥の声を聞きながら、二人はしばらく無言で歩き続けた。

「……なんか、妙な条件つけられちゃったけど……」

沈黙に耐えかねるように光正が口を開いた。彼は沈んだままの木絵を気遣いながらも、正直な気持ちをぶつけた。

「木絵は今のまま、何も変わらなくていいから。ていうか変わってほしくない」

その言葉に木絵は嬉しそうに頷いた。しかし続く返答は光正の望むものではなかった。

「大丈夫。せっかくいただいたチャンスだし。私……頑張るから」

そう言って微笑む木絵。

光正には、それが木絵の本音でないことが分かっていた。

木絵の心の中を覗《のぞ》くと、相変わらず誰もいない麦畑が広がっている。青い空に緑の木、風にそよぐ茶色の麦の穂……確かにそれは綺麗な景色だ。けれど普段の木絵の賑《にぎ》やかで楽しい妄想とはかけ離れ過ぎて、あまりにも不自然だった。

だから分かるのだ、大丈夫という彼女の言葉は偽《いつわ》りだと。でも、どうして彼女は自分にそれを隠してしまうのか、そこが分からない。

「………木絵」

耐え切れずに光正は声をかけるが、もう駅舎は目前だった。

木絵は光正を振り返り、「今日はここで」と明るく告げると足早に駅舎へ向かった。逃げるように去る恋人を、光正は何も言わずに見送った。


一方の木絵は……。背中に光正の視線を感じていたが振り返ることはできなかった。

小走りに駆け続けて、白い壁の民家みたいな駅舎に辿《たど》り着いた時は、思わず安堵《あんど》の息を漏《も》らしていた。

(……疲れる。何にも思わないようにするのって……ものすごく疲れる)

あの麦畑は木絵が意識して必死に念じ続けた風景だった。会話しながら別のものをイメージし続けるのは、右手で字を書きながら左手で料理をするくらい無謀で困難なことだった。それに、いつも辛《つら》い時に励ましてくれる謎の妖精や高台王子を出せないのも、地味にストレスになっていた。

今の木絵は、水中から、やっと息継ぎに顔を出せた、そんな気分だった。

(これでやっと自由に好きなこと、考えられ……)

「木絵」

(!?)

すぐ後ろで光正の声がして、木絵は慌てて振り返った。真後ろといっても差し支えない距離に光正がいて、申し訳なさそうに紙袋を差し出していた。

「……これ」

その紙袋は由布子から渡された本が入っていて、重いからと、ここまで光正が運んでくれたものだった。

「あ……ありがとう」

光正の表情には、木絵に対する引け目のような感情が浮かんでいた。

それともそう感じるのは、木絵自身に後ろめたさがあるから？

気まずさから彼の顔を直視できなくて、木絵は「じゃあ……」と小さく挨拶すると急いで駅舎に駆け込んだ。

（光正さん……さっきの私の心の声、やっぱり聞こえてた……？）

引き返して確かめる勇気はなかった。今の木絵には、一刻も早くこの地を離れることしか考えられなかった。


自宅のアパートに戻った木絵は夕飯をカップラーメンで済ませた。

体は元気でも心は疲れきっていて、テレビすら見る気になれない。真っ暗なままの画面をぼうっと見つめながらズルズルと麺をすすっていると、テレビの陰から謎の妖精が姿を見せた。

謎の妖精はいつものようにテレビの横に立った。ただ、いつもと違うのは、心配そうな顔で木絵をじっと見つめることだ。

「苦しくないでゲスか？」

（…………）

「自由に好きなこと、思えないなんて……辛いでゲスね」

「……うん……辛い」

やっと本音が出せた。光正と一緒にいる間は、ずっと我慢していた言葉が。もっと聞いてほしいと妖精に向かって身を乗り出したら、テーブルの上の携帯が鳴った。

（もしかして光正さん？）

「……もし……」

『ちょっと木絵！』

緊張しながら慌てて電話に出ると、耳に飛び込んできたのは実家の母親の声だった。

『送ってもらった写真見たけど、なんなのあの王子様みたいな人は！』

「だから驚かないでって……」

いきなりのハイテンションに度肝《どぎも》を抜かされたが、同時にホッとした。気を張らない会話の心地よさを、ここしばらく忘れていた気がする。

『お兄ちゃんも「やるじゃないか」って。お父さんも、すっかり舞い上がってご先祖様に報告してる』

母の言う通り、向こう側でチーンとおリンが鳴る音が聞こえた。仏壇に向かって喋《しゃべ》っている父の姿が想像できて、木絵は懐《なつ》かしさに心がほわっと温まった。

「ねぇお母さん。努力って必要だよね」

『え？　努力？』

「うん。結婚生活で相手に合わせたり、嫌な思いをさせないよう……我慢したり。そういうの、大事だよね」

自戒の気持ちも込《こ》めて告げると、電話越しなのに、なぜか母にはお見通しだったようだ。子供の時に聞いたのと同じ、優しい声で話してくれた。

『無理したってボロが出るよ。木絵は木絵らしくいればいい』

「…………うん……ありがとう」

（でも、私らしくしていたら……きっと……）

電話を切った後。木絵は自分がどうすべきか、分からなくなっていた。


次の週末、木絵はまた高台家に来ていた。

この日は母親の由布子も父親のマサオも、どちらも不在だった。光正が言うには二人とも多忙で普段から週末でも家にいない日が多いらしく、その点だけは木絵にとって救いだった。

いつもの応接室に通されると、そこには既《すで》に茂子と、そして先日エントランスで鉢合《はちあ》わせした純《じゅん》がいた。今日の彼女はグレーのパーカーの下にワインカラーのケーシーを着ている。

（なんでお医者さんの格好……？）

不思議に思って見ていると、彼女は獣医で、茂子の高校時代からの友人だが今はヨシマサの主治医でもあって、今日は往診《おうしん》に来ているのだと教えられた。

（ふぅん……）

木絵は三人に軽く会釈《えしゃく》をすると、光正に連れられて隣接する図書室へ足を運んだ。

　光正は棚に目を走らせると、ロンドンに関する本のうち読みやすいものをピックアップして取り出していく。読みやすいとは言われたものの、読み終わるまで時間がかかりそうな分厚さに怯《ひる》む心を無にしていると、光正が「昨夜、祖母に電話したんだ」と切り出した。

「おばあ様に？」

「うん。木絵に早く会いたいって言ってたよ。ロンドンに来るんだったらいつでも会えるって喜んでた」

「ロンドンに……」

　伯爵令嬢レディ・アン。海外旅行すら一般的ではなかったあの頃、遠い異国の地である日本に単身、愛する人を追いかけてきた御令嬢。木絵も会いたいとは思うものの、その前にしなければならないことが山ほどあることが、否《いや》が応《おう》でも思い出された。

「……私、頑張るね」

　襲いくる不安の感情を追い払って、木絵は一面の麦畑を思い浮かべる。

「英会話、ダンス、ゴルフにテニス、乗馬。どこまでできるかわからないけど……」

　光正は木絵の顔に、張りついたようなぎこちない表情を見る。そして同時に、彼女の心を占めるのが例の誰もいない麦畑――綺麗なのに寂しいだけの風景であることに心を痛めた。

「そんな、無理しなくていいから」

しかし、木絵は光正の言葉なんて頭に入らないみたいに「どこまでできるか分からないけど、頑張るから」と繰り返すばかりだった。


同じ頃、応接室では、ヨシマサを診察する純に、茂子が兄のロンドン行きと結婚式が早まったことを伝えていた。

「じゃ……いよいよ光正さん、木絵さんと？」

純が繰り返すと、茂子はにこやかに相槌《あいづち》を打つ。

「そう。今度のお披露目《ひろめ》パーティーが無事済んだら、の話だけどね」

「ふ、ふうん……」

茂子の返事を聞いた純は生返事をしながら聴診器を耳に着けると、目の前に座るヨシマサの腹にブニュッと押し当てた。けれど視線は無意識に、図書室にいる二人に向けられていた。

（……もしあの日、告白できてたら……何か変わったかな。いや、変わらないか）

純の心は相変わらずモヤモヤを抱えたままだ。

(でもはっきりフラれたら、いっそのことすっきりしたかも……)

純はヨシマサを撫《な》でながら、未練や後悔の感情を心の中でぐるぐると回す。

茂子はそんな純の心に気づかないふりで紅茶を飲み続けた。無反応、それが勝手に聞こえてしまう他者の声に対する最低限の礼儀だと思うからだ。

間の悪いことに、ちょうどこのタイミングで応接室に和正が入ってきた。彼はすれ違いざま純と目が合うと柔らかく微笑みかけた。

ところが純はこれを悪い方に解釈した。

『なにニヤついてんの、こいつ。また人の不幸を面白がって』

(んなっ⁉)

『本当性格悪い、この馬鹿弟！』

かろうじて声を出すのは堪《こら》えたが、和正は思わず反応してムッと表情に出してしまった。

(はぁ⁉　今のは本気で可哀想だと思って微笑みかけたのに)

和正は無言のまま恨《うら》めしげに純を睨《にら》む。

純の方は、当然自分のせいだと知らないので、不機嫌な表情を向けられたことに更に腹を立ててぷいっと顔をそむけた。そしてヨシマサを撫でながら「まだちょっと消化悪いみたいだから、薬を出しますね」と、和正の猫だと知っていながらわざと茂子に話しかけた。

（………こいつ）

腹立たしく思っても他人の心の声に喧嘩を売ることはできず、和正はイライラを募《つの》らせた。

するとこの時、たまたま生じた和正の思考の切れ目に、麦畑の風景が流れ込んできた。

麦畑――そう、木絵の心の風景だ。ただその麦畑がいつもと違ったのは、木の下に木絵が一人で佇《たたず》んでいて、こう言ったこと。

（やっぱり。和正君は純先生が好きなんだ）

「はぁ!?　別に俺は、そ……っ！」

和正はガバッと身を起こすと、思わず妄想世界の木絵に向かって怒鳴っていた。

「だ、だから俺は、そんな気ないし！　……じゃなくて、じゅ、純先生は兄貴のこと好きなんだから、十年間ずっと」

「ちょっと‼」

茂子に叱責《しっせき》され、和正は自分の言葉が声に出ていたことに今頃気がついた。

しかし時既に遅し。

純は和正を……いや、和正を通り越して更に後ろを見て凍りついていた。いつの間に図書室からこちらに来たのか、そこには驚いた顔の木絵と光正が立っていたのだ。

その場にいた全員が時が止まったかのように硬直していたが、呪縛《じゅばく》が最初に解けたのは純だった。

（何言ってくれてんのこいつ！）

真っ先に和正を心の中で罵倒《ばとう》すると、急いで光正に向き直った。

「違っ……違いますよ……！」

「うん。こいつ馬鹿だから」

光正は、和正の言葉の真偽《しんぎ》を問わないまま冷静に受け答えてくれた。が、純にしてみればその程度で開き直れるはずがない。

（この馬鹿弟!!）

泣きそうな目で和正を睨むと診察鞄を引っ摑《つか》み「じゃ、私はこれで。今日はヨシマサ君を診《み》に来ただけなので！」と叫ぶと玄関に走っていった。

茂子は慌てて純を追いかける。部屋を出る前に、和正に「あんた、最低！」ときちんと罵声を浴びせてから。

残された三人――木絵と光正、そして和正は気まずい思いを抱えて、互いの顔を見るばかりだった。木絵の目には、和正はちょっと不貞腐《ふてくさ》れているように思えた。

「……いい加減にしろよ、お前」

普段にはない低い声で光正が言う。淡々としているが本気で怒っているのが木絵にも声音で分かった。

この頃にはもう、木絵にもなんとなく事情が分かっていた。心が読める彼らが言うことなのだから、純が光正に十年間片思いをしていたというのは本当なんだろう。けれど光正はその気持ちに応《こた》えることはできなかった。だから彼らは気づかないふりという優しさをずっと貫いてきたのだ。

だとすれば茂子が怒ったのも、光正がこうして弟を叱《しか》るのも当然だ。

「違うよ、俺はただ……」

身の置き所を失った和正は挙動不審気味に体を揺らし、目も逸《そ》らした。しかし何かを思いついたかのように急に振り返ると、光正ではなく木絵を睨みつけた。

「てか、なんで急にあんな妄想するんだよ！」

（え？　あっ……！）

木絵はこの瞬間、ようやく悟ったのだ。事件の発端《ほったん》は自分の妄想にあったのだと。

光正は更に険《けわ》しい目で弟を睨み、和正自身もバツが悪いのか、逃げるように部屋を出ていった。

（……私のせいで……）

光正は落ち込む木絵を振り返ると、静かに囁《ささや》いた。

「別に、木絵のせいじゃない」

確かにそうかもしれない。木絵は和正をからかったわけじゃない。心の中で、ふと思っただけだ。

けれど木絵がそう思わなければこんな事態にはならなかったのも……また事実なのだった。

7

馬鹿な弟のせいでバタバタした一日の終わりに、私たち兄弟三人はなんとなくまた図書室に集合していた。

普段は不干渉《ふかんしょう》を守っている私たちだけど、言ってみれば他人の心の声に苦労している戦友のようなもので、誰かが（今回は兄が）窮地《きゅうち》に立たされればそれなりに気にもなる。その窮地がこの能力のせいなら、尚更にね。

私たちは各々《おのおの》好きな場所に座ると、言葉にならない未熟な思考をああだこうだと各自勝手にこねくり回していた。本日やらかした弟は当然として、兄まで暗い顔で沈んでいるのが気になるところだ。

「今日あのあと、どうなった？　……木絵《きえ》さんの反応」

膝《ひざ》の上のヨシマサを撫《な》でながら訊《たず》ねても兄は無言で本を読んでいるだけ。でも、言葉にならない申し訳なさとか歯がゆさが伝わってきた。やっぱり木絵さん、自分のせいだと思ってるんでしょうね。

「木絵さんも気にすることないのに。悪いのは馬鹿弟なんだから」

こんな能力を持っていたら、他人の心の声にぎょっとすることなんてしょっちゅうだ。いちいち反応してしまう和正が未熟すぎるだけの話なのに。

「これでまた木絵さん、ますます頭の中、隠そうとするね」

木絵さんの頭の中にある誰もいない麦畑を思い浮かべた。あの風景は綺麗なのにどこか寂《さび》しくて、全く木絵さんらしくないと思った。以前、時折流れ込んできた木絵さんの心の中は、いつだって楽しくて温かな世界だったのに。

「あんな風にシャットアウトされたら、何考えてるのか全然分かんないね……」

兄に同情して感想をつらつらと喋《しゃべ》っていたら、弟がぽつりと呟《つぶや》いた。

「でも、それが普通でしょ」

「え？」

「相手の本音なんて普通、分からない。妄想だって見えない。つまり、兄貴たちはこれでやっと普通の関係ってこと」

返事なんて求めていないのか、弟は言いたいことを言い終えると、さっさと図書室から出ていった。

（……何が言いたいの、あいつ）

弟の言うことは一理ある。でもそれで兄が納得するんだろうか。

そう思って兄の後ろ姿を見ると、やっぱり逆に悩んでしまったようで、読んでいた本から頭を上げてどこか遠くへ視線を飛ばしていた。そりゃあ、木絵さんのように口下手《くちべた》な人が相手だと、なかなかね……。

あぁ、難しい。木絵さんも兄もお互いが好きなだけで、私も弟も二人を応援したいだけなのに……（弟は傍観者《ぼうかんしゃ》を決め込んでるかもしれないけど）。

悩んでいると私の携帯にメールが着信した。送信相手は……浩平《こうへい》？

『高台《こうだい》、久しぶり。週末、会える？』

週末って、パーティーの日だ。でもその日の主役は兄と木絵さんだから、私がいなくても問題はなさそうだけど……。

思い起こせばこのところ自分の仕事や兄の結婚騒動で、長いこと浩平には会っていなかった。そう思ったら居ても立ってもいられなくて、『ＯＫ』の返事を送っていた。

週末の夕方、大学からも私の職場からも近い港に面した広場で私と浩平は落ち合った。

港といってもこの辺は夜景が綺麗なお洒落スポットとして有名だから、周囲にはデート中のカップルがいっぱい歩いている。私たちは空いてるベンチに座って、とりあえずメインの用事から片づけ始めた。

「はいこれ。本屋で見つけたんだ」

浩平は鞄の中の袋から一冊の本を取り出した。

「『ナスカの地上絵の謎』。高台、読みたいって言ってたから」

「ありがとう！」

受け取って表紙を眺めていたら、間近で「こんにちは」と声がした。

顔を上げると、いつの間に現れたのか私たちのベンチの前に同年代の女性が立っていた。ピンクのコートにピンクの鞄を下げて、明るい髪色のセミロングはくるりと巻いてある。姫系とか甘系って呼ばれる乙女趣味なファッションだけど（私とは真逆の嗜好《しこう》だ）、バッチリ決められたメイクと相まって、この人には似合っていた。

ところで、立ち位置からして彼女は間違いなく私たちに挨拶《あいさつ》したみたいなんだけど、誰だっけ？

と、浩平が彼女に「どうしたの？」と話しかける。何だ、浩平の知り合い？

「私も高台さんにお会いしてみたくて」

彼女はそう言って浩平に無邪気に笑って、その笑顔のまま今度は私に視線を移した。

「お仕事ファッション系なんですよね。すご～い」（決まってるでしょ。見張りに来たの）

表の声とほぼ同時に、裏の声――心の声が聞こえてしまった。もちろん、こっちが本音なのは間違いない。

見張りって……。どういう意味かと戸惑《とまど》っていたら、浩平が立ち上がって彼女の隣に立った。なに？

「同じ大学院の後輩なんだ」

「三浦知紗《みうらちさ》です。初めまして」

そう言って三浦さんは可愛らしく頭を下げる。

でも、わざわざ私に印象づけるような登場の仕方といい、さっきの心の声といい……これって、もしかして。

「もしかして彼女？」

私はできるだけ軽い口調で浩平に訊《き》いてみた。内心、「ええ？　違うよ」なんて明るい返事があることを想像しながら。

でも現実は……。

「……かな」

浩平は照れ笑いしながらも小さく頷《うなず》いた。え？　まさか本当なの？
「うそ、いつの間に」
心臓がドキドキ破裂しそうだった。胸が痛い。動脈をぎゅっと握られたみたい。
でも笑顔はちゃんと作れていたと思う。……けど、浩平は上手《うま》く騙《だま》せたけど、彼女には
バレたのかもしれない。「私から告白したんですよ～」って、聞いてもいない惚気話《のろけばなし》を大
きな声で言われたから。
「よく浩平さんから高台さんのお話を聞いてて。すごく仲良さそうだから、お付き合いし
てるのかと思ってたんですけど……」（今は私の彼よ。よく覚えておいてね）
「そ、そう……」
彼女の本音を知らない浩平は、自分の彼女と親友が（表面上は）仲良くなったのが微笑
ましいのか、「だから言ったんだ、高台は並の男より男前だから飲み仲間みたいなもんだ
って」と上機嫌で話していた。
「いいですよね、そういう関係」（ほ～ら、ただの飲み仲間だって。聞いたでしょ？　し
ゃしゃり出てこないでね）
ニコニコと人懐《ひとなつ》っこそうに微笑んでいる彼女のギャップの酷《ひど》さに、人の心の二面性に慣
れている私ですら、さすがに気分が悪くなってきた。こんな風にあからさまな負の感情を

ぶつけられたら、誰だってそうなる。……まるで呪いだ。

「……ごめん。私、帰るね」

急に気分が変わった体《てい》を装って立ち上がると、浩平の彼女は心の中であからさまに喜んだ。もちろん表では残念がったけど。

浩平はポカンとした顔で「え?」と呟《つぶや》くのが精一杯だったみたい。立ち去る直前に振り向いて見た彼の顔は、ただただ混乱しているようだった。

(嫌だ)

海に沿って逃げるように早足で歩いた。

(あの子、嫌い)

踵《かかと》を石畳に打ちつけてカツカツと大きな音を立てる。自分でも苛《いら》ついているのが分かるけど、どうしようもなかった。

(何であんな……浩平ならもっと他に、誰か)

足が止まった。自分の言葉に驚いて。

(誰かって……誰?)

問いかけの答えは、とっくの昔に出ていた。

視界が滲《にじ》んで海も空も、ボンヤリと霞《かす》んでいった。ああ、馬鹿なのは私だった。

人の心の中ばかり覗《のぞ》いて、自分の本心には気づいていなかった。


日が沈んで、街はすっかり夜の色に溶け込んでいた。

あの後、私は馴染《なじ》みのお店に開店と同時に飛び込んで、それからずっと一人で静かにお酒を飲んでいた。

静かに一人酒といってもバーみたいなお店じゃなくて、むしろその逆。私が今いるのは、学生が入り浸《いびた》っても大丈夫な気取らない和風居酒屋だ。学生時代からよくお世話になっているお店で、卒業後も浩平と二人で飲む時はいつもここを利用していた。特に運河に張り出したテラス席の居心地がよくて、朝方まで二人で飲み明かすこともしばしばだった。

……今日は、そのテーブルに一人きりだ。

満員御礼の店の中はあちこちから賑《にぎ》やかな談笑が聞こえてくる。天井から等間隔に吊るされている赤くて丸い提灯《ちょうちん》が目に鮮やかで、彼と二人の時は縁日のようなこの雰囲気が好きだったのに、一人の今は賑やかな物音を逆に寂しく感じる。

久しぶりの失恋の味だった。

昔、初めて恋人ができた時、私は自分の能力のことを相手に伝えてしまった。結果、二人の関係はあっという間にダメになった。今思えば、私も相手もまだまだ子供だったんだと思う。

でもその失敗がトラウマになった私は、それ以降、「これは恋じゃない」って頑《かたく》なに自分の想いを否定する癖《くせ》がついてしまった。

本当は気づいていたくせに……自分がずっと、浩平を好きだったことに。

でも、もう……。

(そういえば木絵さん、もうパーティー会場に着いたかな……)

このお店に入って最初の一杯を頼んだ直後、なんとなく開いた携帯のリストの中に木絵さんの番号を見つけて電話してしまった。ちょっとした愚痴《ぐち》話でもして、すぐ切ろうかななんて思ってたのに、木絵さんは私の声と息遣《いきづか》いを聞いただけで普段と様子が違うって見抜いてしまった。

『茂子《しげこ》さん？　どうしたの？』

「……今、いつもの店にいるんだけど、飲みたくなって……。付き合ってもらえます？」

弱音なんて吐くつもりはなかったのに、木絵さんの声を耳にしたら思わず口走っていた。

でも、木絵さんは息を飲むと、ためらいながらこう告げた。

『……ごめんなさい、今日はこれから……あの』

言い淀《よど》む声を聞いて、私は自分のミスに気づいた。

「あ、そうか。今日、パーティーね」

今日のパーティーは実質木絵さんが主役で、しかも母による花嫁審査も敢行《かんこう》される予定。今の木絵さんはさしずめ入試直前の受験生ってとこで、緊張で電話どころじゃないでしょうに。早く切ってあげなくちゃ。

『茂子さんは？　行かないの？』

「………」

きっと私は行くべきなんだろう。今日のパーティー、兄と父は木絵さんの味方をすると思うけど、二人は男だから女性たちの会話の輪にさり気なく入ってフォローするなんて無理だろうし（父はむしろ場を引っ掻き回すから入らない方がいいけど）。

でも……ごめんね。今日の私に、明るく楽しげに振る舞う演技なんてできそうにない。

「私はパス。頑張ってね、木絵さん」

返答に困って少しだけ間《ま》が空《あ》いてしまったけど、明るく告げられたと思う。私は何か言いたそうにしている木絵さんとの通話を強引に断ち切ると、テーブルにスマホを置いた。

何杯目かのチューハイを受け取って程よくほろ酔い気分になれた頃、手持ち無沙汰《ぶさた》からなんとなくスマホを手に取って中に保存されているいろいろなデータを順繰りに眺め始めた。だってパーティーが終わるまで家には帰れそうになかったから、暇《ひま》つぶし、ね。

今までに浩平とやり取りした他愛《たわい》もないメールやSNSのメッセージ。大学のみんなで行った旅行の写真……どの集合写真も、私と浩平は隣同士で映っている。あの頃は何も考えずに、ただ笑い合っていたっけ……。

目の縁《ふち》に滲んできた涙を拭《ぬぐ》っていると、自分の横に誰かが座る気配がした。

「だ……」

誰、と言いながら顔を上げたら。そこに座っていたのはコートを羽織った木絵さんだった。

馬鹿みたいに茫然《ぼうぜん》としてしまった。だってこのお店は木絵さんの家から高台家に行くなら完全にルート外にあって、「ちょっと寄り道」なんて場所じゃないのに。

私が馬鹿みたいな顔して見ていたせいか、木絵さんは困った顔で「……私も、飲みたくなって」と言い訳した。そして目を合わせて微笑すると、私の肩にそっと手を置いた。

「飲もう?」

ああ、そうなのね。木絵さんは私が失恋したんだろうって察してる。あの電話……たったあれだけの会話で。

でも普通の人は私の家族に知らせるとか、他人を迎えに寄越《よこ》すものなのに。きっと木絵さんは言葉で励ますのは苦手だって自覚があるから、黙って寄り添うことを選んだのね。

その証拠に、さり気ない風を装いながらも、木絵さんは心の中で懸命《けんめい》に同じ言葉を繰り返していた。

『大丈夫。茂子さんなら……絶対、大丈夫』

波の音のように静かに繰り返す応援のメッセージに、落ち込んでいた気持ちが徐々に和《やわ》らいでいく。

（不思議。浩平の彼女の心の声は呪いにしか聞こえなかったのに、木絵さんの心の声は、その真逆……）

けれど落ち着いた分、急に現実が見えてきて。私はともかく、木絵さんはこんなことしている場合じゃないって。

「木絵さん……パーティーは？」

確かにまだ開始時刻前だけど、ここから高台家までは車でも電車でも確実に一時間はかかる。あの厳しい母が遅刻を許すわけがない。

「だ、大丈夫……」

木絵さんは曖昧《あいまい》に笑いながら目を泳がせた。遅刻する覚悟で来たってわけね。この人、本当に嘘《うそ》がつけないんだから！

「もう、何が大丈夫なのよ！　行くよ！」

私は木絵さんの手を引くと、有無を言わさず居酒屋の出口に向かって駆けだした。

タクシーを飛ばして帰宅すると、高台家では既《すで》にパーティーが始まっていた。

今回のパーティー会場は二階の大広間と聞いている。私は木絵さんの手を引いて壁に沿ってぐるりと折れ曲がる階段を駆け上がり、開け放たれたままの扉から大広間に飛び込んだ。

大広間の中央には、複数のグループが不自由なく座れるようにと、ソファセットは大小合わせて三組くらいが置かれている。ただ、そこで休んでいる人数は招待客のごく一部。大多数は、続き部屋のあちこちに挨拶《あいさつ》に回ったり、廊下や窓辺に置かれた小テーブルの前で、ドリンクを片手に相手を次々に変えながら話し込むのに夢中になっていた。

勢いよく走ってきたせいか、広間の入り口付近で談笑していた数人に何事かと振り返られた。でもパーティーが始まって大分経《た》つお蔭《かげ》で、そんな私たちの姿を見咎《みとが》めたのは五、六人だった。

私はごった返す人の群れの中に兄の姿を探した。もし一番最初に母に見つかってしまったら面倒なことになる、そう思って焦《あせ》っていた。

でも木絵さんは私とは別の理由で青くなっていたようだ。

彼女の視線の先にあるのは、着物やパーティードレス、ブラックフォーマルスーツに身を包んだ企業のトップやその奥様、旧華族の知人たちだ。ここには所作《しょさ》や身に着けている装飾品からして立派な人たちしかいない。一方、木絵さんのご実家は地方の小さな造り酒屋だと聞いている。そんな木絵さんから見たら今日のこの集まりは、超アウェイなんじゃないだろうか。

そんなことより、兄よ。どこに……。

でも私が見つけるより先に、行く手を阻《はば》むように兄が現れた。

「あ、みっちゃ……」

兄は滅多《めった》にない怖い顔をしていた。それも、私ではなく木絵さんに向かって。

「……ごめんなさい」

木絵さんは小さい声で謝るけど、すぐに目を伏せてしまった。兄の見せる険《けわ》しい表情が怖くて顔を上げられないんだろう。

「あのね、みっちゃん……」

事の経緯《いきさつ》を説明しようとしたのに、それより早く兄は木絵さんの手を取ると、強引に引っ張って廊下へ出ていってしまった。

どうしよう。兄が怒るなんて滅多にないことなのに……。

心配になって私も後を追おうとすると、扉の前で弟と鉢合《はちあ》わせした。弟も飲みかけのグラスを手にしたまま、兄と木絵さんが消えた廊下の奥——あの先は階段だ——を凝視《ぎょうし》している。

「……兄貴、相当イライラしてたからなぁ」

他人事《ひとごと》みたいに揶揄《やゆ》するけど、そういう弟も木絵さんが来ないって心配していたのが心の中から読み取れたので、文句はやめておいた。

「ところで姉貴、あれどうするの？」

「どうって……」

弟の目配せする方を振り向くと、着物姿の母とフォーマルスーツの父が顔を強張《こわば》らせて、こちらに来ようとしていた。それにさっきまで無関心を装っていた周囲の人たちまで、顔を近づけてヒソヒソと邪推《じゃすい》を始めている。

「なんとかして」

「なんとかって」

両親には私が説明すべきかもしれないけど、それより兄と木絵さんが心配だった。この場を弟に押しつける、もとい任《まか》せると私も廊下へ飛び出した。


廊下の端まで追いかけたら、兄と木絵さんが階段を物凄《ものすご》い勢いで降りていくのが見えた。このまま外に行ってしまうのかと思いきや、二人は階段下の奥まったスペースに入っていった。とりあえず人気《ひとけ》のない所へ来たかっただけみたい。

私のいる踊り場からは二人の表情は見えない。でも耳を澄ますと、兄の静かな声が聞こえてきた。

「……何かあった？」

極力事情を聞こうとする兄の姿勢はとても公正だと思う。ただし、焦《あせ》りからくる余裕のなさが隠せていたのなら……だけど。

木絵さんは「ごめんなさい」と謝るけど、理由は頑《かたく》なに言おうとしない。これは、私のせい？　言えば私が傷つくと思って黙っているの？

兄は多分ここで、木絵さんの心の中を見ようとしたと思う。でも今の木絵さんは、常に例の麦畑を思い描いて本心が分からないようにしているから、きっと無駄ね。

でもそれじゃ、兄は一層頑《かたく》なになるだけだ。長い逡巡《しゅんじゅん》の後、兄は木絵さんの二の腕を摑《つか》んで自分の方を向かせると、詰問するみたいに木絵さんに畳みかけた。

「メールで『遅れる』だけじゃ……みんな心配する。特に今日は」

「……ごめんなさい」

「話してくれなきゃ分からない。閉め出されたら……分からなくなる。木絵が」

「そんなつもりは……」

「……前に、話してくれたよね。『気持ちが伝わったらいい』って。『喋《しゃべ》るの苦手だから、伝わったら安心する』、そう言ってくれたよね」

「…………」

二人の間に沈黙が訪れた。やっぱり私が説明した方がいいのかも……そう思って階段を降りかけた途端、木絵さんの心の中の麦畑が私にも感じ取れた。

真っ青な空、綿のような白い雲、風に揺れる淡い茶色の麦の海……でも木絵さんの麦畑は相変わらず人っ子一人いなくて、太陽は明るいのに、どこか薄ら寒くて……。

……ああ、分かった。寂しいと感じるのは、この麦畑が私たちを拒《こば》んでいるから。私と同じ結論を出してしまった兄は、絶望的な声で小さく呟いた。

「僕を……受け入れられない？」

「そんなことは……！」

木絵さんは一生懸命否定する。けれど兄が「なら！　言葉にできないならせめて、心を見せてくれないと」と迫ると、木絵さんの心のガードは一層固くなった。

「見せるって……」

「木絵は何も変わる必要がなくて……！　ただ前みたいに」

「前みたいに……？」

兄の必死な声に、追い詰められた木絵さんの心の風景が大きく乱れた。青空だった麦畑は暗い雲が立ち込めていく。強い風が吹いた後、心の中の麦畑に現れた木絵さんが、こちらを見て泣きそうな顔で訴えた。

『前みたいにって、何？』

木絵さんの反撃に、兄はハッと目を見開いた。

『心を見せろって……何もかも全部？』

兄も、私も息を飲んだ。妄想の中の木絵さんは涙ぐみながら猛然と兄に抗議していた。

それは優しい木絵さんが初めて見せる怒りの姿だった。

『読まれる方の気持ち、光正さんに分かる!?』

兄の表情が強張《こわば》った。その様子に、現実の木絵さんは兄を傷つけてしまったことを悟り、

「ごめんなさい！　違うの、これは」と必死に頭を下げる。

でも、一度堰《せき》を切ってしまった感情の奔流《ほんりゅう》は止まらなくて……心の中の木絵さんは兄への抗議をやめなかった。

『さっきまで茂子さんと一緒にいたの……悲しそうで放っておけなくて。だからパーティーにも遅れて……。でも本当は、来るのが怖かった！　来て何か失敗したら？　また何か考えて騒ぎになったら……ならないように気をつけないと……。でも、考えたり思ったりが駄目なんて、そんなの嫌‼』

二人は茫然と立ち尽くしていた。

木絵さんは、自分でも知らなかった自分の本音に驚いて。兄はそんな彼女の本音に気づいてやれなかった自分を恥じて。

どちらも相手を思いやっているのに、どうしてこうもすれ違ってしまうのだろう。

我慢できなくなって、私は踊り場から声を投げかけていた。

「木絵さん」

二人とも反射的に顔を上げて、二階の踊り場にいる私を見る。

「あ……」

私という第三者の登場で心の中の木絵さんは麦畑から姿を消した。何の解決にもなっていないけど、今は二人とも我慢してほしい。

「みっちゃん……みんな心配してるから」

場を収めるためとはいえ、こんなことしか言えない自分が歯がゆい。でもこれ以上主役の二人が戻らないと、パーティーは取り返しのつかないことになってしまう。

ぐずぐずしているうちに廊下に足音が響いて、とうとう父が、そして母が来てしまった（その後ろから和正も。結構頑張って引き留めてくれてたみたい）。

父は焦りながらも優しく「どうしたの⁉　早く中に」と声をかけるけど、続く母が……夫の言葉を「もう結構」と否定してしまった。

……今のって、まさか、花嫁審査終了ってこと？

母は階段を足早に降りると、「申し訳ありません」と頭を下げる木絵さんの正面に立った。

「礼儀知らずにも程があります。大事なお客様を蔑《ないがし》ろにして……」

震える声でなされる叱責《しっせき》は、個人的な怒りではなく当主の妻としての言葉だと、ここにいる誰もが分かった。だからこそ木絵さんは今、罵倒《ばとう》されるよりも辛いはずだ。

兄は先ほどの衝撃から立ち直れないのか、言葉を失ったままだった。父はもともと妻に頭の上がらない人だから論外。母の言い分が正しいから尚更、口を挟むことはしないだろう。

このままだと木絵さんはこの家を追い出されて、兄との婚約は白紙に……。

そう思ったら、無意識に叫んでいた。

「木絵さんは私といてくれたの！」

母は（どういうこと？）と私に目を向ける。私は急いで階段を降りると、母と木絵さんの間に立った。

「好きな人に彼女ができて。落ち込んでた私と一緒にいてくれたの……」

私の告白に、母は密《ひそ》かに驚いていた。

お互いに気が強いせいか、私と母は口を開けば口論ばかりで、弱みを曝《さら》け出して相談するなんてことは一切なかった。そんな私が木絵さんに弱みを見せて、更に恥を晒《さら》してまで彼女を庇《かば》うなんて、私という人間像からは想像もつかなかったに違いない。

でもね、お母様、そしてお父様。

今から言う言葉は決して計算なんかじゃない。私自身も驚いてるけど、これは他人には滅多に漏《も》らさない、私の本音なの。

「木絵さんなら……家族になれる。なってほしい」

父も母も驚いてる。兄弟三人ともその傾向はあるけど、特に私は他人とは一線を引いて関わりを避けたがる性格だから（もちろんあの能力のせいだけど）。

そんな私が、傍《そば》にいてもいい、ううん、傍にいてほしいと願う稀有《けう》な人。それが木絵さんなんだって。

「二人の結婚……認めてあげて」

居《い》たたまれなくなったのか、母は目を伏せた。

母の心の中は今、妻として、母として、そして一人の女性としての感情が葛藤《かっとう》している。

そんな母に、笑顔の父が意味ありげに声をかけた。

「まるで昔の君みたいだね」

それが後押しになったのかもしれない。母はじっと考えこんだ末に、顔を上げて木絵さんを見つめた。

「……何を言っても、無駄ってことね」

それは木絵さんと兄に聞かせる為に言ったのか、あるいは独り言だったのか……。

母はその言葉を最後に、凛《りん》とした姿勢で階段を上って、大広間へ戻っていった。

肩の力が抜けて、床にへたり込みそうになった。これは酔ったあげくに走り回ったせい……ではないと思う。母のオーラにやられたに違いない。我が母ながら、本当に大迫力なんだから！

妻の背中が廊下の奥に消えていくのを見送った父は、笑顔で兄たちに告げた。

「今のはね、許したってことだよ」

弟が「ほんとかよ」ってツッコんだけど、二人とも嬉しそうだった。

事の成り行きに茫然とする兄と木絵さんだったけど、やがてどちらからともなく顔を見合わせた。

「木絵……ごめん」

「……ううん、私こそ」

高台家全体の空気が、気がついたら全く違うものになっていた。


その後、改めて仕切り直しとなったパーティーで、木絵さんと兄は正式に婚約発表を行った。

予定より随分《ずいぶん》と遅れた婚約発表会になったけど、来客たちは好意的に迎えてくれた。

大広間のマントルピースの前に高台グループ代表の父が立ち、彼の左右に木絵さんと兄が並ぶと拍手が湧き起こる。父は息子と将来の義理の娘の背中に手を回して引き寄せると、高らかに宣言した。

「彼女は平野《ひらの》木絵さん。もうすぐ高台木絵になります」

拍手の量が二倍にも三倍にもなる。来客の全員が、未来の夫婦を温かな笑顔で見つめていた。

最大の難関だった母が折れ、親戚や関連会社の社長たちにも認められて、二人の結婚はいよいよ現実味を帯びてきた。

私や弟や父、反対していた母も含めた高台家の全員が、若い二人の幸せな結婚を信じて疑わなかった。

だからまさかこの二人が、結婚式当日にあんなことになるなんて……私たちは想像だにしなかったのだ。

8

小さい頃から妄想する癖《くせ》が抜けなかった。
気がついたら始まっている脳内劇場は、やろうと思ってやっているわけじゃないから、どんなきっかけで始まって、どうすれば終わるのか、私自身も知らなかったりする。
ただ、最近、分かったような気がする。唐突に出てくる妖精や怪人たちは、みんな落ち込む私を励ます為に来てくれてたのかな……って……。

もうみんなには、会えなくなってしまったけれど……。

光正《みつまさ》さんのお母様が認めてくれたことで、私たちの結婚の準備は、それまでのゆっくりした交際が嘘《うそ》だったみたいに急ピッチに進められることになった。

さ来月に迫った光正さんのロンドン転勤を見据えて結婚式は数週間後に、それに先立って私は寿《ことぶき》退職、引っ越しの準備、etc.《エトセトラ》……。

退職の日には総務部のみんなから一言ずつ労《ねぎら》いの言葉をもらった。脇田《わきた》課長の順番が来た時、最近姿を見ていない「謎の妖精」を思い出して思わず涙ぐんだら、課長は「僕はこんなに慕《した》われてたんだね……」と何か誤解してしまったけど、否定するのも面倒だったので黙っていた。

でも妄想の中の脇田課長シリーズには大変お世話になったので、あながち間違ってもいなかったかなぁ……なんて。

机の中身を片づけている時、阿部《あべ》さんが「どうしたの？」ってこっそり話しかけてくれた。

「どうしたというと……」

「うん、ちょっと空《から》元気っぽいから」

私は内心ぎくぎくしながら、「え、元気ですよ」と答えた。

「何でもないならいいんだけどね。マリッジブルーかな？」

うまく答えられなくて（それはいつものことだけど）、「そうかも」って笑って答えて、阿部さんとはお別れした。

その日、私は夢を見た。数日前の高台家《こうだいけ》の婚約発表パーティーの日の夢を。

夢の中の私は高台家の正面階段のすぐ下にいて、光正さんに酷《ひど》いことを言っている。

「心を読まれる方の気持ち、光正さんに分かる⁉」

「考えたり思ったりが駄目なんて……そんなの嫌！」

光正さんは凄《すご》く辛《つら》そうな顔をしていて、（もうやめないと）と思うのに私の口は止まらない。

そうこうするうちに場面が変わって、私と光正さんは笑顔を浮かべて沢山の人から拍手を受けていた。そこから先も、速回しみたいに周りの風景が変わっていって……気がついたら私は、光正さんに謝るタイミングを完全に見失っていた。

……でも、謝るって、何をどう謝ればいいの？　本当のことを言ってしまってごめんなさい、って？

そんなこと、きっともっと光正さんを傷つける。

だから私は、もう何かを考えたらいけないんだ……。

目を覚ましたら、そこはアパートの自宅だった。帰宅してソファに座ってぼんやりしてたらいつの間にか眠っていたみたいで、室内は薄暗いままで常夜灯だけが点《とも》っていた。

「……本当にこれでいいんでゲスか?」

聞き覚えのある声に顔を上げたら、目の前のサイドボードに謎の妖精が座っていた。あ、お久しぶりだと思いながら脇田課長似の顔を眺めていたら、妖精さんはヒゲを撫《な》でながら眉毛《まゆげ》をハの字にして私を見上げてきた。

「あーんな言い争いが、ずーっと続くんでゲスよ」

「あんな言い争いって……?」

記憶が少し巻き戻る。頭に浮かんだのは、ついさっき見ていた光正さんを責める夢……。

「……ああいうことが?」

「そうでゲス。ずーっと一生」

「……ずっと一生……」

「もう大好きな妄想も、できないでゲスねー……」

「…………」

悲しくなって俯《うつむ》いた。妖精さんの言葉を否定したいけどできなかった。それもそう、だって彼の言葉は私自身の言葉なのだから。心の中は見られたくない、見せるわけにいかない、妖精さんは私のそんな本音を分かりやすく言い換えただけ。

「……もう、これでお別れでゲス」

さよなら、と小さく聞こえた気がした。

慌《あわ》てて顔を上げても、もう、部屋のどこにも妖精さんのいた痕跡は残っていなかった。

それから三週間ほどの慌ただしい日々が流れて……気がつけば、あっという間に結婚式当日になっていた。

結婚式は、街で一番古くからある由緒正しい教会で執《と》り行われることになっていた。式を三十分後に控えて私は今、ウェディングドレスを着て控え室で式の始まりを待っている。

私のいるこの部屋——花嫁の控え室は、たくさんある窓から日の光が差し込んで、眩《まぶ》しいのに静謐《せいひつ》な、揺りかごのような部屋だった。漆喰《しっくい》の壁の下半分にはダークブラウンの壁布が貼られ、黒光りする板張りの床、たくさんある窓のカーテンレールにはなんだか無駄な装飾の布が絡《から》まっていた（スワッグテールという飾りだそうな）。床置きの姿見も飴《あめ》色に輝く木製ドレッサーも全て年代物で、ここの内装は高台家に雰囲気がよく似ていた。

そういえばこの教会は高台家があの場所に建てられる前から存在していたそうだから、もしかしたらレディ・アンと茂正《しげまさ》さんもここで式を挙げたのかも……。

結婚式を前にナーバスになっている花嫁を一人にしてあげようという決まりがあるそうで、着替えが終わったあと、両親や介添え人も別室に移って控え室は私一人になった。

でも今は一人きりがありがたい。婚約発表パーティー以来、私も光正さんも目が回るような忙しさが続いて全力ダッシュで走り続けて、やっと今日、少しだけ足を止められた……という感じだったから。

光正さんはロンドン支社立ち上げと日本での仕事の引き継ぎで。私は結婚式に向けて、お義母《かあ》様に連れられて方々へのご挨拶《あいさつ》、式場の打ち合わせ、マナー教室やお茶やお花、料理のお稽古《けいこ》の基礎を一通り、ブライダルエステの集中ケア（これは嬉しかったけど）……。

あまりに忙し過ぎて、私と光正さんは毎日ほとんどすれ違いで……パーティー以来、きちんと顔を合わせるのが今日、結婚式当日だという、嘘《うそ》みたいな状態だった。

（光正さん……今日の私を見て、どう思うかな……）

何度見ても鏡の中の花嫁は沈んだ顔で、こんなんじゃいけない、笑おう……と鏡に向かって言い含めてから数分が経《た》っていた。

と、ノックの音が鳴る。ドアを開けて入ってきたのは黒留袖《くろとめそで》に身を包んだお義母様だった。

お義母様は立ち上がった私としばらく見つめ合うと、そっと話しだした。

「……そのドレス。私も着たの」

「え……？」

咄嗟《とっさ》に自分の着ているドレスを見下ろした。胸元や袖口に透かし模様の入ったレースがあるだけで他に華美な装飾はない、シンプルですっきりしたラインの純白のウェディングドレス。これを着るようにと渡されたものを黙って着ただけだったけど、そんな大事な物を託されていたなんて……。

驚いていたら、お義母様は優しい目で語りかけてきた。

「学生時代に、仲が良かったお友達が失恋して。ずっと一緒にいたことがあるの、大事な試験ほったらかして」

フフ、といたずらめいた笑みを漏《も》らすお義母様は、今まで見た中で一番優しい顔をしていた。

「そのお友達を泣かせた相手が、巡り巡って今の主人。人生ってわからないものね」

そんな経緯《いきさつ》が……。パーティーの日にマサオお義父《とう》様が言っていた「まるで君みたいだね」というセリフの意味はそれだったんだ。

お義母様は厳しいだけで、本当は優しい人なのかもしれない。婚約が決まるまでのあれこれは、当主の妻に必要なものを私にも要求していただけで、嫌われたわけではなかったんだ……。

上手《うま》く言葉が返せなくて、せめて小さく頷《うなず》くと、お義母様は目を伏せて呟《つぶや》いた。

「あの光正が、結婚するのね……」

二人でしんみりしていたら、またドアがノックされて今度は純《じゅん》さんが顔を出した。ショールを置いてきたみたいでノースリーブのワンピース姿が少し寒そう。でも紺色の滑らかなシルク生地《きじ》にシンプルな真珠のネックレスがとても似合っていた。

「おば様、茂子《しげこ》が呼んでます。受付で」

お義母様は私からスッと離れて、そのまま行ってしまうかと思ったら、足を止めて私を振り返った。

「じゃあ、後で」

まるで実母がするような、優しい笑顔で。私は小さく頭を下げるだけで精一杯だった。

お義母様が控室を出ていって、そのまま純さんも一緒に戻っていくかと思いきや、純さんはドアを閉めて室内に残ってしまった。

えっ……この状況はもしかして。

私はちょっと、いやかなりドキドキした。純さんは光正さんをずっと好きだった人だ。何か言われても仕方ないと身構えていると、純さんは私以上に強張《こわば》った表情で会釈《えしやく》した。

「本日はおめでとうございます」

「あ、ありがとうございます……」

「ドレス……素敵です」

「ありがとうございます……」

初対面に近い純さん相手に緊張して口ごもっていると、少しの間、沈黙が続いた。恐る恐る顔を上げると、純さんは何かを決意したのか、急に迷いの晴れたスッキリした笑顔で話し始めた。

「木絵《きえ》さん。光正さんは、いつもどこか寂《さび》しげで、壁があって、みんなに『笑わない人』って言われてたの」

「え……」

意外。だって私と一緒にいる時の光正さんはいつも優しくて、そしてそれに輪をかけて楽しそうに笑っていたから。でも確かに以前、光正さん自身も同じことを言っていた。

「でも木絵さんといる時はとても楽しそうで。……光正さんが木絵さんを選んだ理由、分かる気がします。これからは光正さん、ずっと笑顔でいられるんですね」

そう言って笑う純さんからは他意は全く感じられなかった。

ああ、この人は本気で私たちの結婚を祝福してくれているんだ。私が光正さんを絶対幸せにすると信じているから。

「お二人の幸せを願っています」

最後に一礼した純さんは、入ってきた時とは別人のように晴れやかな表情をしていた。

私は立ち去る純さんを、こんな素敵な人に願いを託されたのだと実感しながら見送っていた。

…………また一人になった。でも、この部屋にはお義母様の、純さんの言葉が残っている気がした。

『あの光正が、結婚するのね……』

『これからは光正さん、ずっと笑顔でいられるんですね』

二人とも……ううん、二人だけじゃない、高台家の人々、親戚の人も会社関連の人も、みんなみんな私が光正さんを幸せにするって信じている。それは私の家族も同じ。光正さんと一緒にいれば私が幸せになれるって信じている。

（……でも、私は、本当に光正さんを幸せにできるの？　……幸せに、なれるの……）

心の中で問いかけても、妄想世界の仲間たちは姿を見せはしなかった。

パイプオルガンの演奏が静かに流れ始め、目の前の大きな扉が音もなく開いていった。今、私の足元には一本の赤い道――バージンロードが真っ直ぐに伸びていて、その先の祭壇の前でタキシードに身を包んだ光正さんが待っている。

素敵なチャペルだった。壁際にアーチ型の天井を支える列柱が並んでいる。柱の間のすべての窓にはステンドグラスが嵌《は》めこまれていて、チャペル内に色とりどりの淡い光を落としていた。

父と腕を組んで歩きながら周囲をそっと見渡すと、花で飾られた参列者席には、新婦親族側に私の母と兄夫婦が、新郎親族側には高台家の家族たち、最後列には純さんが座っていた。みんな、父に伴われてバージンロードを歩く私を見つめている。

祭壇の目の前で付き添いの父と別れ、足を進めて待っていた光正さんの隣に並んだ。ベール越しでも、光正さんが私に微笑みかけてくれたのが分かった。

オルガンの演奏が止まると、祭壇に立つ牧師が誓いの言葉を述べ始めた。

「……新郎、高台光正さん。あなたは平野《ひらの》木絵さんと結婚し妻としようとしています。あなたは健康な時も……」

牧師の言葉をどこか遠くの音楽のように聞いていた。祭壇の後ろの天井にまで届くステンドグラスの輝きが眩《まぶ》しくて、少しだけ視線を床に落とした。

式が始まる前に自分自身へ問いかけた疑問の答えは、きっとこうなのだと思う。

不安がないと言えば嘘《うそ》になるけど、みんなが、お義母様が、純さんが願ったように、私が光正さんを幸せにしたい。そして私も幸せになりたい。そう強く願えば、きっと叶《かな》う――。

なのに私の頭の中に浮かんだのは、全く別の言葉だった。

『……光正さん。聞こえますか』

光正さんは、こんな時に心の中で話しかける私に驚いて微《かす》かにたじろいだ。けれどすぐに、周囲に不思議に思われないように、牧師の言葉に耳を傾けているふりをした。

むしろ、動揺したのは私の方だった。

(心の中で喋《しゃべ》っちゃダメなのに……!)

だって私はきっと、喋り始めると止まらなくなる。最近我慢するようになって気がついたの、人間は我慢すればするほど、その行為を衝動的にやってしまいたくなるものなんだって。でも、よりによってこんな大切な日に衝動が爆発するなんて……!

『最近……そんな顔ばかり』

　確かにあの日以来、光正さんは笑わなくなった。でもそれは、妄想の中で私があんな酷《ひど》いことを言ってしまったからだ。だからもう光正さんを責める言葉はかけらも考えないようにしようって、一生懸命抑えつけていたのに……。

『前は……一緒にいるとよく笑うって言ってくれたのに……私のせいで』

「違うよ」

　光正さんが声に出した。聞き咎《とが》めた牧師が驚いて口を噤《つぐ》んで、それをきっかけに後ろの参列者の間にもざわめきが広がり始めた。

　止めなくちゃ、そう思うのに何かが壊れたみたいに心の声が次から次へと出ていってしまう。

（麦畑……そう、麦畑を想像すれば）

　でも焦《あせ》る私に自分の心をコントロールするなんて芸当は到底無理で。

（どうすればいいの、光正さん！）

　振り向いて光正さんと目が合った瞬間、もっと大きな感情の波が私から溢《あふ》れ出した。

『大好きです』

　光正さんが息を呑んだ。

『初めて会った日から本当に優しくて、こんな私を大事にしてくれて……。毎日、夢みたいな』

ああ、これは紛《まぎ》れもない私の本音だ。

『でも……私は何も、光正さんに何もしてあげられない』

そしてこれもまた紛れもない本音の一つ。前向きな感情も、後ろ向きのネガティブな感情も、どちらも私の本音だった。

「そんなことない、木絵！」

両腕を摑《つか》まれて無理矢理光正さんに正面を向かされた。参列者のざわめきが一層大きくなる。

もう黙らなきゃ。このまま全ての本音を曝《さら》け出してしまったら光正さんを傷つける、それだけは嫌なのに！

……でも、私の願いは届かなかった。

『知りたくなかった。能力のこと。そしたらただ、あなたを好きでいられたのに』

涙が勝手に滲《にじ》んで、頬の上を滑り落ちた。とうとう伝わってしまった。一番耳に入れたくなかった台詞《せりふ》を。光正さんを傷つける言葉を。

『普通に一緒にいたかった』

でも一緒にいると、またこんな風に本音であなたを傷つけてしまう。

だから私は。

『あなたを幸せにできない』

光正さんは何も言わなかった。言えなかったんだろう。それでも光正さんは、私から決して目をそらしはしなかった。

『自由に頭の中で……何も考えられない。見られてるかと思うと……』

もうこれ以上、光正さんを傷つけたくないのに。なのに考えは止まらない。

『あなたと一緒にいると……』

あなたも、私と一緒にいると、きっと。

『苦しい』

だから一緒には、いられない。

光正さんの顔を今日初めて正面からきちんと見つめた。光正さんは自分を責めていた。傷ついた自分よりも傷つけた私のことを気遣《きづか》って、自分を責めていた。

そして私が次に何をするつもりなのか気づいて、こんな時まで優しい口調で言ってくれた。

「……待って、木絵」

「……ごめんなさい」
光正さんにそう告げて、私は彼に背を向けた。
振り向いて、チャペルにいる参列者全員に頭を下げた。それから……。
私は走りだした。光正さんを壇上に残して、期待してくれたみんなをその場に残して、
一人で出口へ向かって……。
逃げた。大切な人を置いて、楽な方へ私は逃げたのだ。

9

ペドラー伯爵家が所有する別荘は、イギリス郊外の湖を見下ろす山の中腹に建っていた。豊かな水と森に包まれたその場所は、見渡す範囲の全てがペドラー家の所有地だ。屋敷の前庭からの景色が日本の高台家《こうだいけ》からの風景に似ているのは、もちろん日本で茂正《しげまさ》がそのような場所を探したからだ。

ヴィクトリア朝以前の古い時代からある石造りの邸宅は、玄関を挟んで左右対称の外観を持っている。横一直線に長い正面の壁には二十以上の窓が等間隔に並び、二階の窓、その上の切妻《きりづま》屋根の明かり取り窓もみな縦方向に同じ位置にあり、見る者に規則正しい印象を与えた。

屋敷内の部屋数は四十以上もあり、ゆったり歩いて全室を回るだけで一時間はかかるだろう。

朝食を終えたアンはパーラー（家族用の居間）の小テーブルに着いて、その日届いた郵便物に目を通していた。壁材にマホガニーを使っているこの部屋は、先祖代々受け継いでいる調度品も相まって暗めの色に囲まれている。けれど室内が暗いことで引き立つものもある。それがこの部屋の大きな窓から見渡せる外の景色だ。斜面の下の湖まで遮《さえぎ》る建物も木立もない場所に建っているので、晴れた日の芝生の緑と遠くで輝く青い湖はどんな絵画よりも美しかった。

今日は生憎《あいにく》の曇り空だが（そもそもこの地方は年中曇っているのだが）、それでも窓から差す光は、室内を穏やかな色彩に塗り替えてくれた。

今日のアンは初秋の寒さが身に堪《こた》えるのか、ニットのセーターにジャケットを着込んでいた。老眼鏡をかけ、かつてはブロンドだった髪も今はすっかり白くなっていたが、朗《ほが》らかな性格と愛らしい顔立ちは年老いてもなお変わりはない。

窓から差し込む陽《ひ》の光に文面を丁寧《ていねい》に確認していると、テーブルの上の携帯電話が鳴りだした。

「Hello……」

アンは老眼鏡を外すと顔を綻《ほころ》ばせた。電話の相手は日本にいる可愛い孫娘・茂子《しげこ》だった。

「どう、茂子。見つかった？　木絵《きえ》さん」

アンは英語で茂子に水を向けた。アンはつい先日も茂子から電話を受け取っていた。その時の内容は、上の孫息子の結婚相手が式の最中に逃げ出して失踪《しっそう》したという驚きの報告だった。数日経った今日、一転して良い報告を聞けるかもと思ったのだが、期待は一瞬で打ち消されてしまった。

『……ううん。まだ』

バイリンガルの茂子は同じく英語で返答する。アンは胸を押さえて小さく息を吐いた。

孫息子の婚約者は名前を聞いただけで、直接会ったわけではない。しかし彼女が来ることを心待ちにしていたアンにしてみれば、既《すで》に情に近い想いを木絵に対して抱いていたのだ。

『木絵さん、会社も辞《や》めてアパートも引き払ってたから、どこを探せばいいのか分からないの。携帯も繋《つな》がらないまま……。お母様はもう怒り心頭《しんとう》よ』

「あの人はとても分かり易《やす》い人だから」

『みっちゃんはいつも通り過ごしてる。でもそれが見てて、辛《つら》い……』

「………」

茂子としばらく話し込んだアンは、通話が終わると手の中の携帯電話を長い間見つめていた。

通話の中で、茂子はアンに、木絵が逃げてしまった理由も語ってくれた。

『やっぱり、心が読めるなんて言っちゃいけなかったのよ』

彼女自身も苦い思い出があるのか、それが絶対であるかのように断言していた。

「……でも、果たしてそれは真理かしらね？」

アンは一人静かに頷《うなず》くと、メイドを呼んで書斎からある物を持ってくるよう命じた。

彼女が戻ってくるまでのわずかな間、アンは窓の向こう、暗い空の下でも輝きを失わない湖を見つめていた。

戻ってきたメイドから品物を受け取ったアンは微笑むと、久方ぶりにペンを手に取った。


その日、高台家には朝から珍しく家族全員が揃っていた。

光正《みつまさ》と和正《かずまさ》は一階のテラスから麓《ふもと》の街とその向こうにある海を見つめていた。ダイニングルームにはマサオがいて、由布子《ゆうこ》と茂子はそれぞれの自室で紅茶を飲みながら一息ついていた。

結婚式の中止は当然、各方面に影響を及ぼした。不幸中の幸いだったのは式や披露宴《ひろうえん》にはもともと近しい身内しか招いていなかったことだろう。そうでなければ今頃は、各方面への謝罪回りに明け暮れていたに違いない。

しかし直接の謝罪のあるなしに関係なく、いずれは高台グループの最高責任者になる男の破談が噂《うわさ》にならないはずがない。ここ数日は、話を聞きたがる知人程度の連中のあしらいに忙殺《ぼうさつ》されて、マサオも由布子も息を吐《つ》く間もないほどだった。だから今日は外部からの一切の連絡を断ち、あえて家族全員が引き籠《こも》ることで、半ば強引に休息を取ることにしたのだ。

一階のダイニングルームでは、普段は端に置かれている大理石の大テーブルが中央に移動しており、紺色のエプロンを着けたマサオが趣味の蕎麦《そば》打《う》ちに没頭していた。シェフやメイドたちも気を利《き》かせて奥の部屋に控えており、広い室内にはマサオが蕎麦の生地《きじ》を伸ばす静かな音だけが響いていた。

最初は手伝っていた光正と和正も、蕎麦作りが最後の工程に入ると暇《ひま》を持て余してダイニングルームと続きになっているテラスに出てきた。

空を見ると、水に落とした墨みたいな淡い雲が広がっている。まるで兄の心情を表しているかのような風景に、和正は少し物憂《ものう》い気分になった。和正が手摺《てすり》代わりの石垣の上に胡坐《あぐら》をかいて座ると、同じ石垣に背を凭《もた》れた光正がそのままの姿勢で話し始めた。

「……お前の言った通りだと思う」

独り言に近い兄の言葉を和正は黙って聞いていた。

「普通は、相手が何考えてるか分からなくて。だから沢山話すし、手掛かりみたいなものをもっと探そうとする。気持ちがどこにあるのか、何を望んでいるのかを。……でも、僕たちは話さなかった。踏み込むのが怖くて」

「………」

「強いから、木絵は」

「強い？」

最後まで聞き流すつもりだった和正だが、つい訊《き》き返してしまう。

「あの人は、どっちかっていうとヘタレだと思うけど」

それを聞いた光正は、口角を上げて微笑んだ。自分だけが彼女の長所を知っていることが嬉しかったのだろう。

「ああ見えて、木絵は自分の中にちゃんと世界があって、一人でいろんなことを乗り越えてるんだ」

「へぇ……」

「強くて優しい。だから惹《ひ》かれた」

誇らしげに語っていた光正だが、それも全て今更なのだと気づいたのか、元のように表情を曇らせていった。

なんだかんだ言って兄想いの弟としては、黙ってはいられない。

「……だったら、」

「だったら！」

力強く言いかけた台詞《せりふ》は、開け放たれた扉を通して屋内にいる父になぜか奪われてしまった。息子二人が振り返ると、父は蕎麦打ちの姿勢のままもう一度繰り返した。

「だったら、もう一度向き合え」

父は手を止めると、くるりと振り返りテラスへやってくる。そのキリリとした表情は自分たちの父にしては珍しく精悍《せいかん》だった。普段とは違う雰囲気に包まれた父は、二人の息子の間に入ると石垣に手をついて語りだした。

「……いいか光正。父さんは、はっきり言って回りに流されやすい」

「は？」

「強い意思もない。物事全て、なるようになる、ならなかったらそれまでだと思っている。……以上！　そういう人生だ」

「って何をそんな堂々と」

和正は半ば噴き出しつつ文句を言う。父はニヤッと笑った後に、再び真剣な顔になった。

「けど……一度だけ、絶対に諦《あきら》めない、そう思った時がある。由布子さんを好きになった時だ」

光正は俯《うつむ》いた。和正は父親を改めて見つめる。へらりと笑った父親が、何故《なぜ》か格好良かった。

「諦めなかった。だから……君たちがここにいる」

マサオは息子二人の肩をパン！　と小気味よい音を立てて叩くと、いつもの顔に戻った。

「さぁ！　ランチはすぐ蕎麦《そば》（傍《そば》）だ。んふふ」

かつての甘酸っぱい経験を話して恥ずかしくなったのか、マサオは照れ笑いしながら室内へ戻っていった。

そんな父の背中を見送った和正は、兄がいつの間にかテラスから姿を消しているのに気がついた。


テラスを出た光正は、リビングを抜けて応接室に移動していた。ここにいると隣接する図書室が自然と目に入る。光正は、一番奥にある本棚を――以前木絵が隠し部屋を探して押したり引いたりしていた本棚を視界に収めながら、携帯電話を手に取った。

『だったら、もう一度向き合え』

父の言葉に後押しされながら、大事な人の番号を押した。……生憎と留守電だったが、光正は自分の想いを、録音されるメッセージに託すことにした。

「……木絵。空港で待ってる」

電話の向こうに反応は当然ない。それでも光正は話し続けた。

「……ロンドンで一緒に暮らそう」

光正は目を閉じた。

『だから沢山話すし、手掛かりみたいなものをもっと探そうとする』

さきほど弟に話した言葉は、彼が自分自身を顧《かえり》みて導《みちび》き出したものだ。この能力に胡坐をかいて大切なことを怠《おこた》ってきた。その結果がこの有様だ。

でも、もう間違わない。

「もし君が来なかったら、それは受け入れる。でも……もう一度、会いたい」

(会って、今度こそ、自分の本音を語りたい。……そして君の本音を聞きたい)

最後まで話し終えた光正は、ゆっくりと通話終了のボタンを押した。

そんな兄の後ろ姿を、妹の茂子が隣室から見ていた。

＊　＊　＊

今日、兄が大切な人のために一歩を踏み出した。

だから私も、自分にできることはないだろうかと考えた（それとも、すべきことと言うべきだろうか）。


夕方になる前に私は家を出た。いつものラフなパンツスタイルはやめて、今日だけは意識して女性らしいスカートとメイクを心掛けた。

そして今私は、待ち合わせの場所……馴染《なじ》みのお店の前に立っている。

今日のお昼、兄の心の声を聞いた私は反省した。能力の上に胡坐をかいていたのは私も同じだった。普通の人がする努力……伝えることを、しなかったんだから。

だからすぐにメールを送った、今日会ってほしいって。

暖簾《のれん》を潜《くぐ》る前に深呼吸する。バッグからスマホを取り出して、今日のこの決意を固める目的も兼ねて、あの人宛てにメッセージを書いた。

『木絵さん。私はこれから浩平《こうへい》と会います。たとえ彼女がいても……どうにもならなくても、言葉にして伝えます』

もう一行、彼女にも絶対思い当たる言葉を書き込んでから、送信ボタンを押した。

「……さあ、行くか！」

ほっぺたを両手でパーン！　とやりたいところだけど、せっかく頑張った女らしさが吹っ飛ぶので今日はナシ。その代わり、自分史上最高の笑みを浮かべて、店内の彼のもとへと近づいた。

浩平は、赤い提灯《ちょうちん》がぶら下がる、いつもの運河沿いの席に、生ビールをひっかけて一人で座っていた。店内のざわめきが私を応援するお囃子《はやし》に聞こえる。

一歩、もう一歩近づくと、浩平が私に気がついた。

「……高台？」

いつもとは違う私に驚いて浩平は立ち上がった。さあ、告白まであと一歩。木絵さんへのメッセージに添えた一文を、心に刻みながら。

『好きになった人を諦めたくないから』

＊　＊　＊

何で俺はこの場所にいるんだろう。と、周囲を見渡して自分の置かれている状況を不思議に思った。まあ自分で来たんだけどね。

俺が今いるのは白い洋館風の動物病院。電話をかけ終えた兄貴が庭にぶらりと出ていって、何故《なぜ》か姉貴もメイド頭《がしら》の山田《やまだ》さんに夕飯はいらないと伝えに行ったのを目撃した俺は、暇なのも手伝って「じゃあ俺もやってみるか」なんてその気になってしまった。

別に三兄弟だからって律儀《りちぎ》に合わせる必要はないんだけど、言い出しっぺの俺が何もしないのも無責任な気がしてね（決して姉貴に張り合っているんじゃなくて）。

吹き抜け天井の待合室は意外に居心地がよくて、このまま居眠りでもしちゃおうかな……と思い始めた頃に、診察室のドアが開いて先生が顔を出した。あーあ、寝損《ねそこ》ねた。

純《じゅん》はまず俺の顔を見て嫌な気分になり、次に待合室にいるくせにヨシマサ（患畜）を連れてきていないことを怪訝《けげん》に思った。そして営業スマイルで話しかけてきた。

「……今日は、何？」

「…………んーと」

「ヨシマサ君は？　具合どう？」

「うん……」

ええい、姉貴に負けてたまるか！

俺は思い切って立ち上がり、純に近づいた。はは、純のやつビビってる。

「……こないだ、ごめんね」

俺がしおらしく詫びると、純は拍子の抜けた顔をした。まだ少し警戒しているけど、俺がいつになく生真面目《きまじめ》な顔で立っているのを見て肩の力を抜いていた。

「……いや、別にいいけどね。ほんと和正君は昔っから私のことからかって面白がるよね」

純はまだ俺のことをどーしようもないヤツだと思っているので軽口で対応する。まあ、好きな人の弟って、言ってみれば、ただのオマケだもんな。

だからその認識を改めさせてやることにした。

「ていうか……」

ところがいざ言おうとすると、これがなかなか難しい。もうカッコつけずにストレートに言っちまおう！

「……俺、純先生が、兄貴のことだけ見てるから、やきもち焼いてた……」

「…………」

思考が止まった。純も俺も。だから無理矢理にでも笑顔を作って、これが本気の告白だって純に伝えた。

「……みたいだ」

言ってから強烈に恥ずかしくなってきた。ヤバいなこれ。

「え？　え？」

純もやっと頭が動きだしたようで、間抜けな顔が徐々に赤くなっていく。滅多《めった》に見れない顔なんで、俺も自然に笑顔になった。

ほんと、伝えるって大変だ。

＊＊＊

昼食前に兄弟が立っていた高台家のテラスには、夕方の今は夫婦二人が並び立って庭を見下ろしていた。緑の芝生に覆《おお》われた緩《ゆる》い斜面には、彼らの長男が一人ぽつんと佇《たたず》んでいる。薄曇りの今日、木々の向こうには青い海が広がっていたが、彼の目は空しか見ていなかった。そうしていれば空を通じて大切な人と繋《つな》がっていられるからだろうか。

痛々しいと感じても目が離せないのは、いくつになっても我が子を大切に思うからだろうか。

「……私たちは迷わなかったわ」

由布子は長男の後ろ姿を見つめながら呟いた。彼女の言葉は半ば独り言のようだったが、マサオは黙って聞いていた。

「お義父《とう》様もお義母《かあ》様も、迷わなかったはず。分かるもの、結婚する相手……この人だって。なのにそう思えなかったってことは、木絵さんとはご縁がなかったってこと。それだけの話」

「……本当にそう思う？　あんな光正君を見ても」

マサオは由布子に身を寄せると、耳打ちするように呟いた。二人の視線は再び庭に注がれる。

光正の服装が黒いニットに黒いズボンなせいか、以前飼っていた犬のタカマサと被《かぶ》って見えなくもない。子供たちがいない日は、よくあんな風に所在なく佇んでいたものだ。

マサオの問いに由布子は答えなかったが、深く何かを考えているようだった。

「旦那様、大奥様から小包が……」

メイド頭の山田が、ダンボール箱を両手で抱えながらダイニングルームに入ってきた。いち早くマサオが反応して駆け寄った。

「来た来た！　ショートブレッド。美味《おい》しいんだよね、これ」

ショートブレッドはスコットランドの伝統的なお菓子で、日本ではバタークッキーと呼ばれている。紅茶によく合うので高台家のみんなのお気に入りの品だ。

マサオは笑顔で箱を受け取るとテーブルの上に置く。そして箱を開いて、品物の他に封筒が添えられているのに気がついた。

「おや二通……？」

宛名をあらためたマサオは急いで由布子を呼び寄せた。

「はい。これは君に」

由布子へと手渡されたのは白地に透かし模様の入った美しい封筒だ。模様の紋章にはもちろん見覚えがある……ペドラー家専用の封筒だった。表書きには、丸みを帯びた少し不器用な筆跡で『由布子さんへ』とあった。レディ・アンの手跡《て》だ。

「お義母様……」

ご自身は苦手な日本語でわざわざ認《したた》めてくれた優しさに、破談騒動で疲弊《ひへい》していた心が温まる思いだ。けれど、重なっていた二通目の封筒を見た由布子は目を見張った。

『木絵さんへ』

「お義母様が、木絵さんに……？」

まだ会ってもいない木絵に何を伝えようというのか。由布子は困惑《こんわく》を隠せないまま、封筒の文字を見つめ続けた。

10

それから更に数日が過ぎ……とうとう光正《みつまさ》のイギリス出立《しゅったつ》の日が訪れた。

曇り空の午後、カジュアルなコートを羽織った光正は、小型のスーツケース一つを引いて成田空港の出発ゲートを歩いていた。見送りは一人もいない。光正が断ったからだ。表向きは第二の祖国でもあるイギリスへの旅は慣れているから、ということだったが、本当の理由は空港で人を待つからだ。

光正は一旦足を止めるとロビーを見渡した。どんなに人混みに紛《まぎ》れていても彼女を見つける自信がある。……しかし微《かす》かな期待は裏切られた。

今ここに木絵《きえ》はいない。

人でごった返すロビーには、あちこちにベンチが設置されている。光正はその中の一つに腰を下ろすと、一番近くの柱にある時計を見上げた。……夕方の出発まではまだ充分時間がある。

（来てくれ……木絵）

だが。光正の祈るような想いをよそに、タイムリミットの瞬間は刻一刻と近づいていた。

＊　＊　＊

二階の窓から瓦屋根《かわら》に登ると見えるのは、どこまでも続く水田と、遥《はる》か遠くに聳《そび》える冠《かん》雪《せつ》した連峰の風景だった。今は冬だから稲の刈り取られた水田は茶色で味気がないけれど、夏になればここは私の大好きな緑の海原になる。風が吹くとさざ波のように揺れる稲穂も、空の半分の高さまで聳え立つ大迫力の山並みも、都会では見られない絶景だ。

「光正さんに、見せたかったな……」

私、平野《ひらの》木絵は屋根の上で膝《ひざ》を抱えて呟《つぶや》いた。

結婚式から逃げた私を匿《かくま》ってくれたのは田舎の片隅で造り酒屋をやっている両親だった。先祖代々古くから受け継いできた家業だけど、規模が小さくて地元でしか知られていないので、家格とかいうものはないに等しいと思う。高台家《こうだいけ》と比べたら尚更に。

でも、たとえ私が地方の大富豪のお嬢様だったとしても、やっぱり逃げ出していたんだろう。

言い訳にしかならないけれど、私は本当にあの瞬間まで逃げる気はなかったのだ。心を落ち着けて、不安や不平は思い浮かべないように気をつけていれば、光正さんの隣にいられると思っていた。隣にいたかった。でも私の本音は私を裏切って勝手に溢《あふ》れ出てしまった……。

「……修行が足りないのかな……」

心を無にするためにも、私は山寺に修行に入るべきなのかもしれない。頭を丸めて毎日座禅に明け暮れれば、やがて修行の成果で神秘の力に目覚めて、ついには人の心を読めるように……。

「……違った。読む力より、読めなくする力の方が必要なんだった……」

……でも、修行に明け暮れているうちに軽く二十年は経過して、その頃にはもう光正さんにはお嫁さんがいるんだろうな……。

パーカのポケットを探ってスマホを取り出した。決して出る気はないのに毎日充電してしまうのは何故《なぜ》だろう。返信をする気はないのに、受信するメールや留守電を聞いてしまうのは何故だろう。

一週間くらい前に茂子《しげこ》さんからメールが届いた。そこには好きな人に自分の気持ちを伝えると書いてあった。それからどうなったんだろう。気になるけど返事はできずにいた。

光正さんからのたくさんのメールと留守電のメッセージにも……。

項垂《うなだ》れていると、農道を凄《すご》い勢いで走ってくるタクシーが目についた。この辺の人はみんな自家用車で移動するので珍しいなと見ていたら、うちの前に止まった。後部座席から降りてきた人が、ひょいと見上げて屋根の上にいる私を見つけた。

「……まさか」

真っ青なカシミアのコートを着たその人は、この風景に溶け込むには最も意外な人物……高台由布子《ゆうこ》、お義母《かあ》様だった。

「やっぱり、ここにいたのね」

お義母様は腰に手を当てると、呆《あき》れたようにそう言った。


「話をするのに良い場所に案内してちょうだい」

と言われて、私はお義母様を近くの川に案内した。ここら一帯の水田を潤《うるお》す準用河川で、幅は狭いけれど綺麗な水が流れている。堤防が少し高くなっているので、ここに登れば空が広く感じられて気持ちがいい。なにより、民家から距離があって滅多《めった》に人が来ない。

案内を終えた私を待っていたのは、予想はしていたけど、お義母様からの説教だった。

「どうせあなたのことだから、居留守でも使ってるんじゃないかと思ってたわ」

覚悟はしていたけど、面と向かって至近距離で言われると、耳と胸が痛かった。

「……お義母様」

「あなたにお義母様などと言われる覚えはないわ。あんな風に逃げて！　光正一人残したまま……人として恥ずかしくない？」

「……申し訳ありません」

今の私は頭を下げることしかできない。事情はどうあれ、男性が結婚式で花嫁に逃げられたなんて過去は不名誉でしかない。妬《ねた》まれることの多い光正さんが、そのことで嫌な連中からどれだけ攻撃されたか……簡単に想像できる。

「あなたはね、高台家の家名に泥を塗ったのよ」

「……すみません」

私には、謝ることしかできない……。

「そもそも私と光正さんが釣り合う訳が……」

なんとか絞り出した言い訳は、「何を当たり前のことを今更」と一喝《いっかつ》された。

「はっきり言って、光正は本当に優秀です。努力家で、誰からも一目《いちもく》置かれる申し分ない息子です。なのにあなたときたら……」

「はい……」

ひたすら頭を低くして聞いていると、お義母様はこう言った。

「……ちょっと妙な力があるくらい、何よ」

「え……？」

顔を上げて、思わずお義母様の表情を窺《うかが》った。聞き間違い……じゃ、ない。断言できる、だってお義母様は今の発言を聞き咎《とが》めた私を、じっと見つめ返していたから。

お義母様は微《かす》かに表情を変えると、「何を驚くことがあるの」と囁《ささや》いた。

「私はあの子たちの母親です。気がついて当然でしょう」

「それじゃ……」

「だから心配だったの！　あなたが耐えられるか……」

そう言ってお義母様は目を伏せた。私はというと、今までのお義母様の厳しい言葉のあれやこれやが一度に頭の中でスパークして、息を吐くことしかできなかった。

あの山ほどの習い事や上流社会との交流や、グループのトップの妻の責務うんぬんは、私の覚悟を確かめる為でもあったんだ。覚悟とか……心の強さを。

お義母様は私を睨《にら》むように見据えてから、強い語気で言った。

「もし本当に愛する人を摑《つか》みたかったら……戦うの」

戦う……?

「逃げずに、戦うの」

義理の母ではなく、愛する人がいる一人の女性としての叱責《しっせき》の言葉だった。お前はまだ全然戦っていないだろう。お義母様の目はそう言っていた。

考え込む私を見て、お義母様は少し表情を緩めた。ああ、この人は戦ったんだ。だからこんなにも強くて、綺麗に微笑むんだ……。

「これ……」

お義母様はバッグの中から白い封筒を取り出すと、私に差し出した。

「あなた宛て」

光正さんからだろうかと思いながら手に取ると、書かれている筆跡には見覚えがなかった。もっと角が丸くて女子学生が書くような可愛い漢字だ。訝《いぶか》しがっているとクスリと笑われた。

「おばあ様からよ」

「レディ・アンから……?」

「ご自分で返事をして。それが最低限の礼儀よ」

「あ……」

お義母様は私が手紙を見つめているうちに、堤防を下りていってしまった。

残された私は透かし模様の入った真っ白い封筒を手に、落ち着ける場所を探して川べりに沿って歩きだした。この手紙は立ったままとかじゃなくて、腰を据えて真剣に読まなければならない。そんな気がしてならなかった。


さっきの場所から更に離れた土手の一本の木の下で、ベンチに座って手紙を開いた。

『木絵さん』

レディ・アンからのメッセージは、丸みを帯びた優しい日本語で綴《つづ》られていた。

『木絵さん。あなたの不安……私にはよく分かります。だってそれはあの人も感じてきたことだから』

「え？」

『シゲマサ。あの人は、私が人の心を読めることを知っていながら、生涯を共に歩んでくれました』

驚いたなんてもんじゃない。レディ・アンもテレパスだったの⁉ そして、夫の茂正《しげまさ》さんはそのことを知っていた……！

知っていて、仲睦《むつ》まじく添《そ》い遂《と》げた人たちがいたなんて。

私は手紙に顔を近づけて、一つの文字も漏《も》らさないように一生懸命読んだ。


『私たちはイギリスで出会い、想いを確かめ合って、結婚し、家族になりました』


そこからしばらくは、日本に来たレディ・アンと茂正さんの毎日の生活が書き連ねてあった。

慣れない異国の地でアンは着物を着て、高台家本家のお屋敷の雑巾がけをしたり、着物を繕《つくろ》ったりして頑張って日本での生活に溶け込んでいた。

そんなアンを茂正さんは、常に傍《そば》にいて見守り、寄り添っていた。

日本庭園で日本茶の茶器を使って、かつてのようなお茶会を開くのが二人の日課だったこと……。

もうすぐ生まれてくる赤ちゃんの為の肌着を縫ったり、靴下を編んだりしたこと。

子供が生まれて暫《しばら》くした頃、茂正さんがアンのために故郷の景色に似た場所に洋風のお屋敷を建ててくれて、三人で引っ越しをしたこと。

子供が育って大きくなって、その子がお嫁さんを貰《もら》って、三人の孫に恵まれたこと。

余命があと僅《わず》かだと知った茂正さんが、最期《さいご》の時は二人の出会ったイギリスで過ごしたいと言ったこと……。

『最期に話したことは、本当に忘れられない。あの人が亡くなる数日前に交わした、あの人の想いを』

その日はその地方にしては珍しく青空が広がって、穏やかな風が吹いていたという。

二人はペドラー家の広い前庭に簡易ベッドを出して、一緒に湖を見下ろしていた。

寝たきりになっていた茂正は上半身を寄りかからせた状態で、アンはその隣に置いた椅子に腰かけて、ゆったりした時を楽しんでいた。二人の前には小さなテーブルを置いて、いつものようにお茶会を開いた。

『その時、茂正はこう言いました。

……アン。君との五十五年にもわたる結婚生活の中で、僕は何度も君に問いかけた。この美しい人は、何で僕をこんなに好きなんだろう、と。

……でも、気づいたんだ。僕でなければ駄目な訳を。

君は選んだんだ。心を読んでも平気な相手を、それはもう慎重に。

だから僕は決めた。このままでいよう。

君が信じてくれたように、僕も君を信じて、何もかもを見せよう。

君のその力を、奇妙なものと思わず奇跡だと思おう。

この世は謎と不思議に満ちている。そう思うと胸が躍《おど》る。』


「……凄《すご》い」

……この人は凄い。そう素直に思った。

相手を信じて全てを委《ゆだ》ねるって簡単なことじゃない。例えば人は誰だって一度や二度は必ず、悪いことを、嫌なことを、情けないことを、恥ずかしいことを考える（私なんて恥ずかしいことしか考えていないけど）。

どんなにみっともない自分を見せても、自分の恋人は決して自分を嫌いにはならないと、いったいどれだけの人が胸を張って言えるだろうか。そこまで相手を信じられるだろうか。

私は……光正さんなら、信じられる……かもしれない。だって一緒にいる時に、どれだけ恥ずかしい妄想をしたことか、数えたらキリがない。

「……でも」

気がついたら、心の中で手紙に話しかけていた。

恥ずかしいのは、まだいい。私が我慢すれば済むこと。でも、光正さんを傷つける言葉が止まらなくなったら、その時はどうすればいいの？

続きに目を落としたら。

『……君を傷つけることもあるのでは。』

なんとそれも書いてあるし！　茂正さん凄い！

私は興奮しながらその続きを急いで読んだ。


『君を傷つけることもあるのでは。そんな不安もあった。

でも、それもいつか笑おう。

二人で鼻の頭を真っ赤にしながら紅茶を飲んだ、真冬のお茶会。

君が宝物だと言って大切にしていた僕のどてら。

左右大きさの違う茂正Ｊｒ．の靴下。

新築の高台家のお屋敷を初めて見た時の君の笑顔……。

いつか歳を取って思い出し笑う。

傷つけたことも、それらと同じ思い出の一つ。

そう思えば喧嘩も、すれ違った日々も……楽しみに変わる。


そんな風に過ごそう。

死が……ふたりを分かつまで。』


……ここから先は、またレディ・アン本人のメッセージだった。


『亡くなる直前、シゲマサは衰弱で声を出すことも叶《かな》わなくなっていました。

私は沈む夕日の光の中、簡易ベッドに横たわるあの人の手を握っていたの。そうしたら、あの人が心の中で私に問いかけたの。

「…………ええ、幸せよ」

私が答えるとシゲマサは嬉しそうに目を細めました。それから、最後の力を振り絞って私の手を握って、また、心の中で私に話しかけてくれた。

「…………こちらこそ。ありがとう」

そして私が思い出のどてらをかけると、シゲマサは微笑んで、ゆっくり目を閉じた。

私は、この時ほど自分に心を読める能力があったことを感謝したことはないでしょう。この能力があるから、シゲマサの最期の言葉を聞くことができた。あの人の言葉に答えることができた。

愛する人の言葉を聞くことができるこの能力を持って生まれたことを、私は誇らしいと思いました。

あの人の最期の言葉……「僕も幸せだった、ありがとう」を聞くことができて……。

だから恐れないで、木絵さん。

大丈夫。幸せになれるから。

光正を信じて。』

息が止まりそうだった。胸が苦しくて、涙がぽろぽろ零《こぼ》れて、気がつけば手紙の縁《ふち》を強く握りしめていた。

戦ったんだ、茂正さんも。相手の自分への想いを疑いそうになる弱い心や、愛する人を傷つけるかもしれない恐怖心や、恥ずかしさや情けない気持ち全部と戦って乗り越えて、五十五年もかけて愛する人を幸せにした。

「もう一枚……便箋《びんせん》が」

手紙の最後に書かれていたのは、この一文だった。


『ようこそ高台家へ』


溢れてくる涙を拭《ぬぐ》って空を見上げた。戦おうと思った。光正さんを幸せにする為に。

空を見ていたら飛行機、という単語が浮かんだ。

「空港……もうすぐ出発の時間！」

私は走りだした。


一度自宅に戻って自転車に飛び乗った。生憎《あいにく》とママチャリなので速度はあまり出ないけど、駅へ行って特急に乗って成田空港へ向かうんだ！

川沿いの砂利道を漕《こ》いで、漕いで、アスファルトの農道に出てからもひたすらに漕ぎ続けた。汗が流れて、息が切れて喉《のど》が渇《かわ》いて、脚と肺が痛くなってもがむしゃらに漕ぎ続けて……。

咳《せ》き込んで呼吸が一瞬止まった時、足がもつれて自転車ごと横倒しに転んだ。

…………冷静に考えて、自転車で辿《たど》り着ける距離じゃなかった……。

川べりの土手に戻って自転車を置いて、連峰に沈む夕日を見ながら考えた。

逃げないで戦う……どうやって？

全てを曝《さら》け出すのは恥ずかしい。恥ずかし過ぎて死にたくなる。……でも実際に死ぬわけじゃない。

だから茂正さんがやったように、恥ずかしさも傷つける怖さも受け入れて、そしていつか思い出にして笑う。

深呼吸しながら己の心に言い聞かせた。

信じるんだ……私も、光正さんもそれができる人だって。

でもそれでも、疑う心に負けそうになったらその時は……武器を手に戦おう。そう、私の武器、それは……。

「そうだ、平泳ぎ！」

よし、泳ごう。ゆっくりとその場に立ち上がり、目をぎゅっと瞑《つぶ》った。頭の中に私の晴れ舞台を思い浮かべる。そこは国際大会も開かれた立派なプールで……。

懐《なつ》かしい感覚が蘇《よみがえ》ってきた。観客の声援が聞こえる。私の心の中で、プールの水飛沫《みずしぶき》が、

メガホンを持ったイヤン＝ヤッケが（脇田《わきた》課長お久しぶりです）、生き生きと動きだした。

「エン、トーッ、エン、トーッ！」

コーチの掛け声が聞こえる。

『デンマーク人コーチ、イヤン＝ヤッケの熱の入った指導の下《もと》、潜在能力が遂《つい》に開花。

次々記録を塗り替え、次に挑むは遠泳、ドーバー海峡……！』

自転車に飛び乗って家を目指した。帰ったらすぐに取りかかろう、イヤン＝ヤッケの指

導の下、ドーバー海峡の向こうに行く準備を。

＊　＊　＊

高台茂正の墓は、ペドラー家別荘の前庭の先端、湖の見下ろせる木立の下に建てられていた。白い大理石の十字架の下に　ＳＩＧＥＭＡＳＡ　ＫＯＤＡＩ　の文字があり、周囲はアンがわざわざ移植した冬でも緑を保つ草花に覆《おお》われていた。

光正は墓石の前に花束を置くと、足の悪い祖母と腕を組んで、一緒に元来た道を戻り始めた。

「……どう？　木絵さんから、連絡あった？」

「いや……」

英語で話しかけるアンに、光正は否定の言葉を呟《つぶや》いた。

「そう……」

アンは杖《つえ》を突いて歩きながら目を伏せた。あの手紙は無事届いただろうか……光正はそんな想いを読み取ったが、今は黙っていた。

屋敷の方からダークスーツ姿の初老の執事が小走りにやってきた。

「奥様。サー・アンソニーからお電話です」

「あらそう。ありがとう」

アンは光正から離れると執事の腕を借りて歩きだしたので、用済みになった光正は足を止めてその場に留《とど》まった。

（……ここは静かだな）

湖を見つめながら光正は思った。周囲に人がいないと世界はこんなにも静かなのだ。

普段の光正は常に人の心が発する声の渦の中にいる。人の心の声は妬みや憎しみ、罵倒《ばとう》の声がほとんどで心休まる時はひとときもなかった。けれど光正は、それらの言葉を吐く人々を「性格が悪い」と思ったことは一度もない。

なぜなら、人はそれが当たり前だからだ。毎日たくさんの呪詛《じゅそ》を吐き、他人が聞いたら傷つくに違いない言葉を考えるのが人間だからだ。

だから、毎日、優しい妄想を見せてくれる木絵のことが、本当に好きだった。

それをきちんと伝えればよかった……。

そう思いながら湖を見つめていると。

「エン、トーッ、エン、トーッ！」

なぜかイヤン＝ヤッケの声が聞こえてきた。

すると唐突に、頭の中にボートに乗ったイヤン＝ヤッケが現れた。彼は公園の手漕ぎ貸しボートに乗りながら海の荒波を渡っていた。拡声器を使って号令をかけているのは、ボートの後ろを必死に泳いでいる水泳界の新星、平野《ひらの》木絵選手だ。

光正は思わず笑った。

（どうやら木絵の妄想癖《へき》がうつったようだ）

それから空を見上げて、いつだったか木絵と二人で見上げた雲を思い出した。

「……木絵」

空に向かって呟くと、後ろから「呼んだ？」と声が聞こえた。

（今度は幻聴………）

ではない。

光正は振り返った。

光正の少し先に、いつの間にかまた来ていた祖母のアンと……彼女にエスコートされた木絵が立っていた。こちらの寒い気候に合わせてコートを着込んだ木絵は笑っていた。

「き……」

瞬《また》く間《ま》に頭の中に流れ込んでくる極彩色の海。そこには波間を縫ってくじらと一緒に平泳ぎする木絵がいた。

「エン、トーッ、エン、トーッ！」

イヤン＝ヤッケ、手漕ぎボートを凄《すご》いスピードで漕ぐ、漕ぐ！　そして負けじとスピードアップする木絵！　二人はあっという間にドーバー海峡を渡り、とうとう対岸のイギリスに到着したのだ！

大歓声の中、ファンファーレが鳴り響き、花火がいくつも打ち上げられた。

『ドーバー海峡横断！　世界新記録達成、６時間58分22秒！　遅咲きスイマー平野木絵さんが快挙‼』

その日の新聞の一面記事はこの世界的ニュースだった。

「……くくっ」

光正は思わず噴き出すと、駆けてくる木絵を思い切り抱き留めた。ひとしきり抱擁《ほうよう》が済んだら、互いの顔が見えるように改めて向かい合った。

「木絵。僕は君に会えて本当に良かったと思う」

光正が笑い、つられるように木絵も笑った。

「……想像したの。あなたとの毎日」

木絵は何かを思い返すように噛みしめながら断言した。

「……大丈夫。幸せになれる、って」

「……うん……」

光正の指が木絵の髪に優しく触れる。木絵は擽《くすぐ》ったそうに笑って、もう一度真っ直ぐ光正を見つめなおした。

「いつか、笑ってくれますか？　一緒に歳を重ねて、思い出しながら、喧嘩やいろんな間違いを、笑って許してくれますか？」

喜びを隠しきれない光正は、破顔《はがん》しながら答えた。

「もう、今、笑えるよ」

木絵も笑う。そして、かつて心の中で森に向かって叫んだ言葉を、今度はきちんと口に出して伝えた。

「好きです！　大好きです‼」

（やっと言えた。ちゃんと伝えた）

二人は照れ笑いし合うと、どちらからともなく再び強く抱き合った。

わ――――っ！　と歓声が上がった。

木絵が光正の肩越しに森を見ると、妄想劇場から出てきたドダリー卿《きょう》が、ダッフンヌ神父が、イヤン＝ヤッケが、薬の売人《ばいにん》が、樽《たる》の親方が、そして謎の妖精が木絵と光正を盛大に祝福してくれていた。いつの間にか森の芝生は花で埋まり、木々は青葉になり虹は煌《きら》めき、コングラッチュレーションの文字が空中に立体的に漂っていた（ゲームのクリア画面みたいだ）。

「おめでとうでゲス！」

謎の妖精が涙を流しながら拍手してくれる。

光正と抱き合いながら、木絵は妖精にこっそりピースサインを送った。

終わり

※この作品はフィクションです。実在の人物・団体・事件などにはいっさい関係ありません。

集英社オレンジ文庫をお買い上げいただき、ありがとうございます。
ご意見・ご感想をお待ちしております。

● あて先
〒101-8050　東京都千代田区一ツ橋2-5-10
集英社オレンジ文庫編集部 気付
神埜明美先生／森本梢子先生

映画ノベライズ
高台家の人々

集英社
オレンジ文庫

2016年5月25日　第1刷発行

著　者　神埜明美
原　作　森本梢子
発行者　鈴木晴彦
発行所　株式会社集英社
〒101-8050東京都千代田区一ツ橋2-5-10
電話【編集部】03-3230-6352
【読者係】03-3230-6080
【販売部】03-3230-6393（書店専用）
印刷所　株式会社美松堂／中央精版印刷株式会社

※定価はカバーに表示してあります

ISBN 978-4-08-680084-6 C0193

集英社オレンジ文庫

せひらあやみ

原作／幸田もも子　脚本／吉田恵里香

映画ノベライズ

ヒロイン失格

幼なじみの利太に一途に恋する女子高生・
はとり。いつか二人は結ばれるはず…と
夢見る毎日を過ごしていたが、ある日、
超絶イケメンの弘光に熱烈アプローチ
されてしまい!?　私の運命《ヒーロー》の人はどっち?